ストライクウィッチーズ2

① 伝説の魔女達

著：南房秀久
原作：島田フミカネ＆
Projekt Kagonish

角川文庫 16418

STRIKE WITCHES 2
Shimada Humikane & Projekt Kagonish

CONTENTS

口絵イラスト:島田フミカネ
本文イラスト:京極しん
Illustration : Humikane Shimada
design work : Toshimitsu Numa（D式 Graphics

宮藤芳佳

YOSHIKA MIYAFUJI NAME

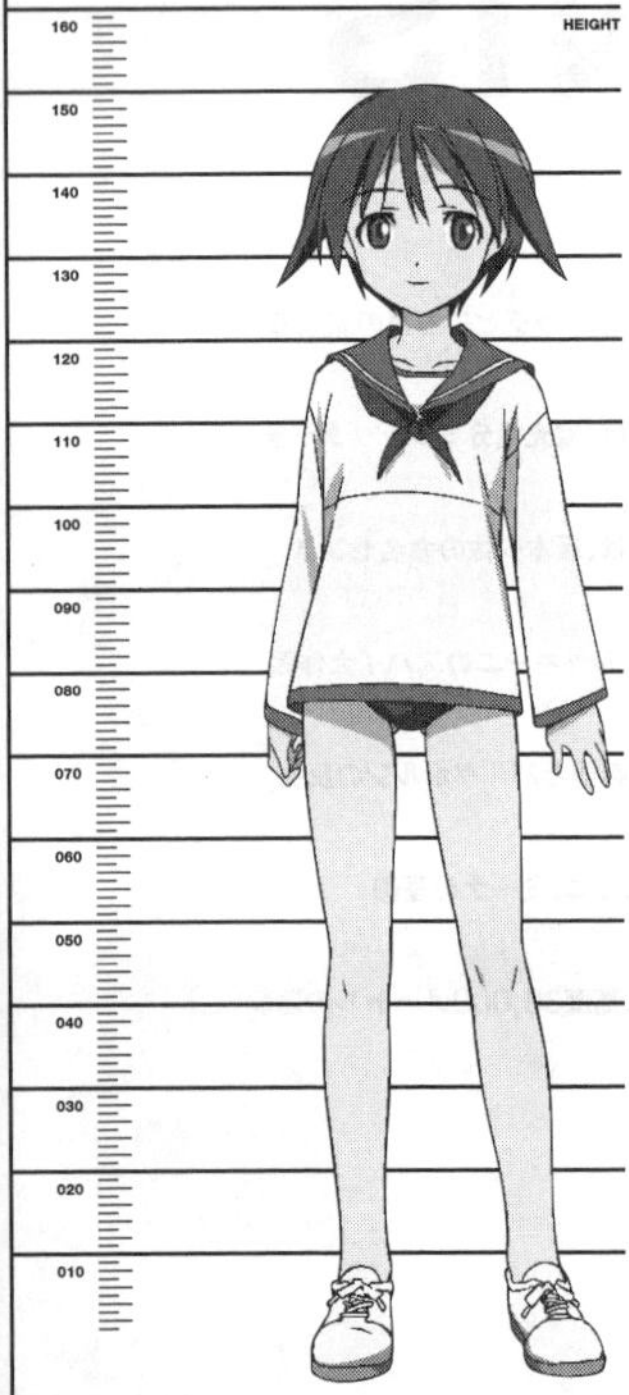

所　属：扶桑皇国
海軍遣欧艦隊第24航空戦隊288航空隊
階　級：軍曹
身　長：150cm
誕生日：8月18日
年　齢：15歳
使用機材：A6M3a(Zero Fighter)
使用武器：99式2号2型改13mm機関銃
M712シュネルフォイアー

501st JOINT FIGHTER WING
“STRIKE WITCHES”
MUSTER ROLL

ミーナ・ディートリンデ・ヴィルケ

MINNA-DIETLINDE WILCKE NAME

所　　属: カールスラント
空軍JG3航空団司令
階　　級: 中佐
身　　長: 165cm
誕 生 日: 3月11日
年　　齢: 19歳
使用機材: Bf109 K4
使用武器: MG42

坂本美緒

MIO SAKAMOTO NAME

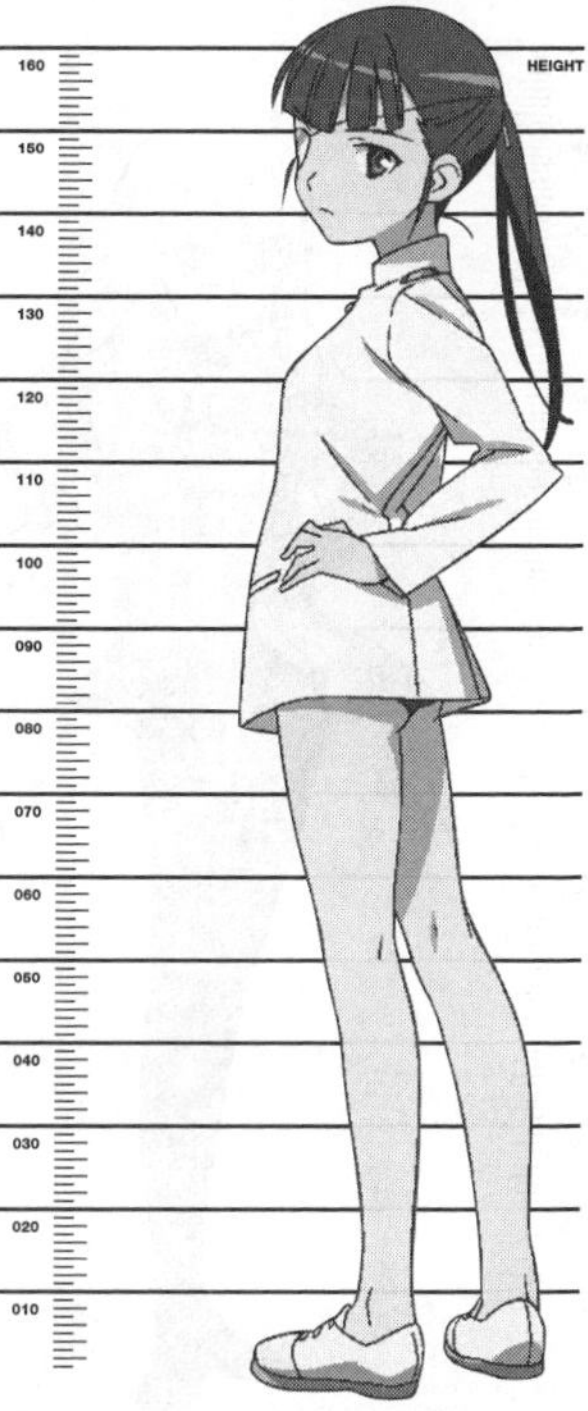

所　　属: 扶桑皇国
海軍遣欧艦隊第24航空戦隊288航空隊
階　　級: 少佐
身　　長: 165cm
誕 生 日: 8月26日
年　　齢: 20歳
使用機材: N1K5-J(Shiden KAI5)
使用武器: 99式2号2型改13mm機関銃
扶桑刀"烈風丸"

ペリーヌ・クロステルマン

PERRINE-H. CLOSTERMANN　NAME

HEIGHT

160 150 140 130 120 110 100 090 080 070 060 050 040 030 020 010

所　属: 自由ガリア
　　　　空軍第602飛行隊
階　級: 中尉
身　長: 152cm
誕 生 日: 2月28日
年　齢: 16歳
使用機材: VG.39 Bis
使用武器: レイピア
　　　　ブレン軽機関銃Mk1

リネット・ビショップ

LYNETTE BISHOP　NAME

HEIGHT

160 150 140 130 120 110 100 090 080 070 060 050 040 030 020 010

所　属: ブリタニア
　　　　空軍610戦闘機中隊
階　級: 曹長
身　長: 156cm
誕 生 日: 6月11日
年　齢: 15歳
使用機材: スピットファイアMk.22(type356)
使用武器: ボーイズMk1対装甲ライフル

エーリカ・ハルトマン

ERICA HARTMANN

NAME

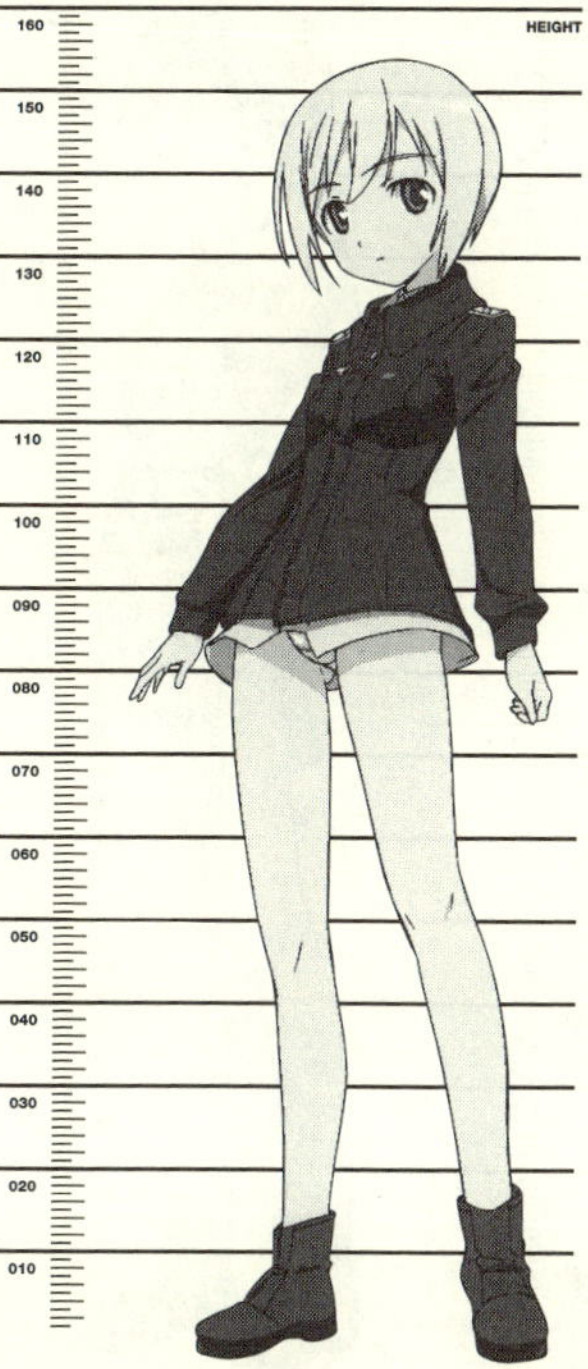

所　属：カールスラント
空軍JG52
階　級：中尉
身　長：154cm
誕 生 日：4月19日
年　齢：16歳
使用機材：Bf109 K4
使用武器：MG42
MP40

フランチェスカ・ルッキーニ

FRANCESCA LUCCHINI

NAME

所　属：ロマーニャ公国
空軍第4航空団
階　級：少尉
身　長：148cm
誕 生 日：12月24日
年　齢：13歳
使用機材：G.55S
使用武器：M1919A6

シャーロット・E・イェーガー

CHARLOTTE E. YEAGER

NAME

所　属：リベリオン合衆国
　　　　陸軍第363戦闘飛行隊
階　級：大尉
身　長：167cm
誕生日：2月13日
年　齢：17歳
使用機材：P-51D
使用武器：BAR
　　　　M1911A1

ゲルトルート・バルクホルン

GERTRUD BARKHORN

NAME

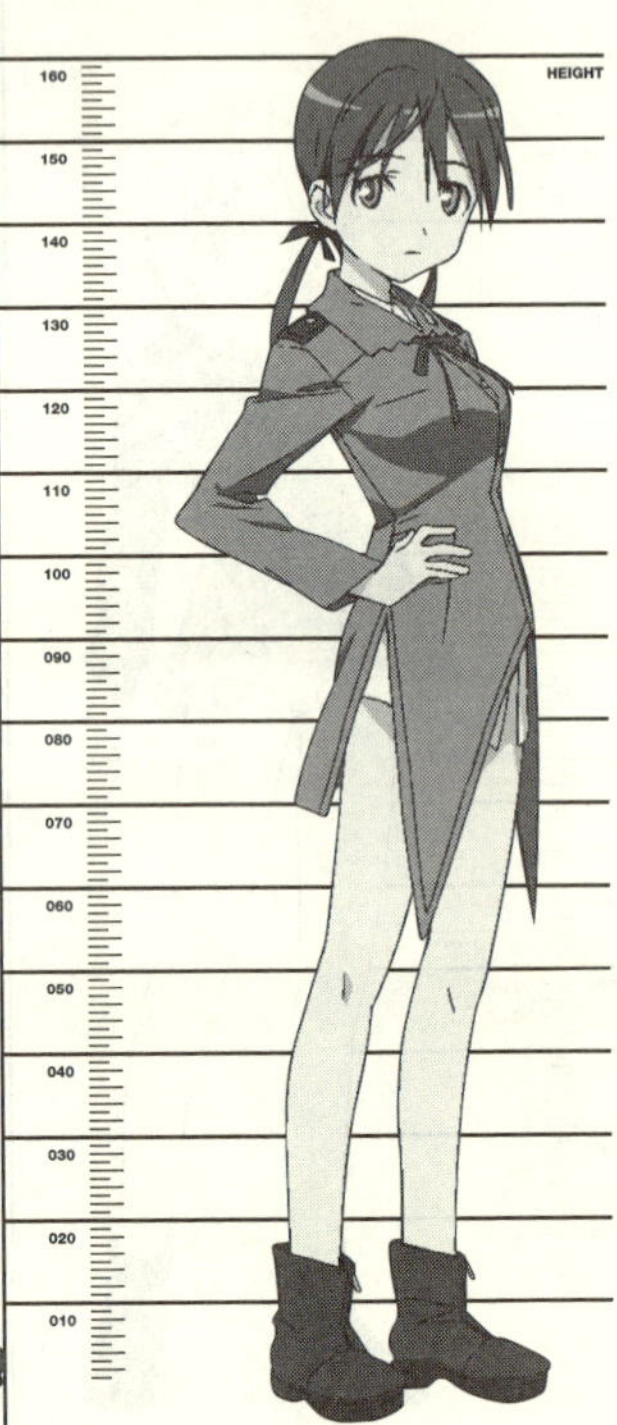

所　属：カールスラント
　　　　空軍JG52第2飛行隊司令
階　級：大尉
身　長：162cm
誕生日：3月20日
年　齢：19歳
使用機材：Fw190D-9
使用武器：MG42・MG131
　　　　MG151/20

サーニャ・V・リトヴャク

NAME
SANYA V. LITVYAK

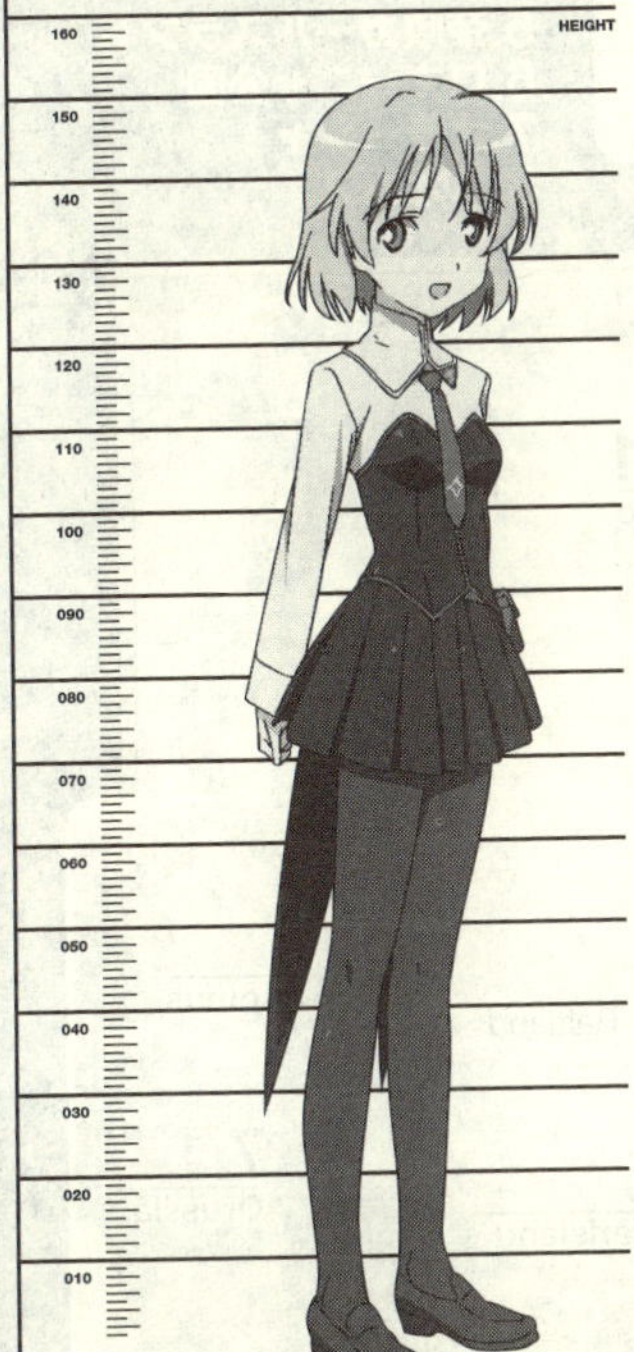

所　　属：オラーシャ
　　　　　陸軍586戦闘機連隊
階　　級：中尉
身　　長：152cm
誕 生 日：8月18日
年　　齢：14歳
使用機材：MiG I-225
使用武器：フリーガーハマー

エイラ・イルマタル・ユーティライネン

NAME
EILA ILMATAR JUUTILAINEN

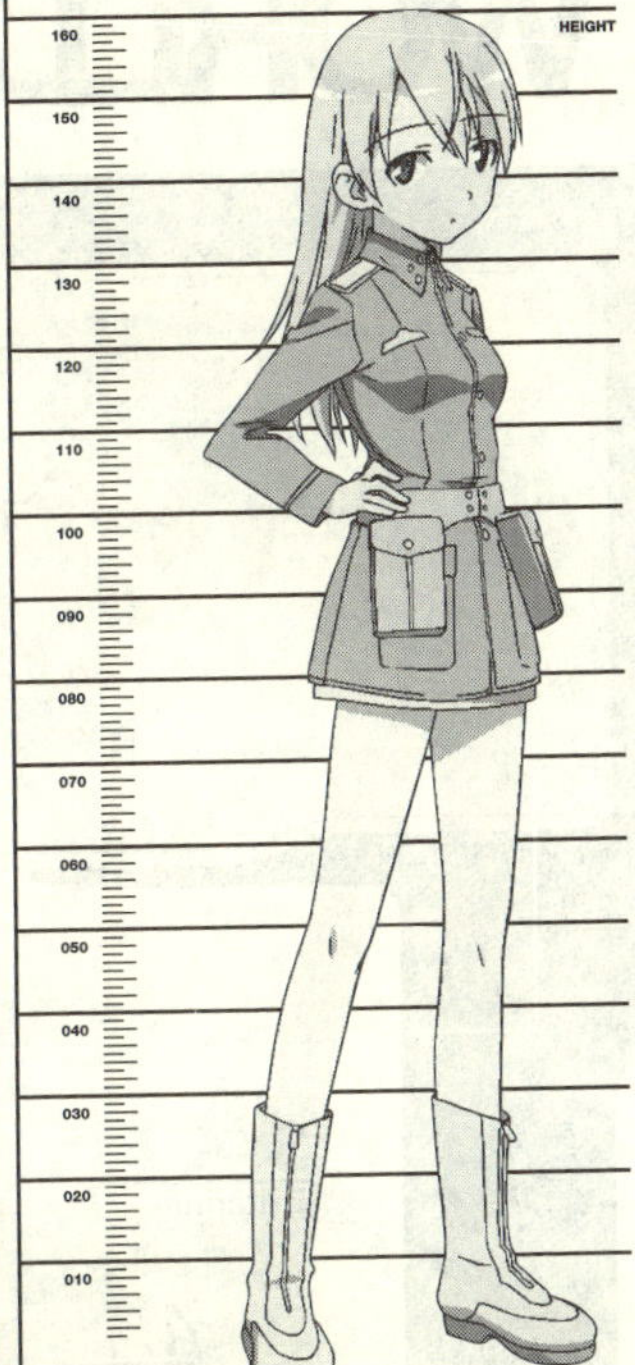

所　　属：スオムス
　　　　　空軍飛行第24戦隊
階　　級：中尉
身　　長：160cm
誕 生 日：2月21日
年　　齢：16歳
使用機材：Bf109 K4
使用武器：スオミM1931短機関銃
　　　　　MG42

STRIKE WITCHES 2

Shimada Humikane & Projekt Kagonish

WORLD

1.扶桑皇国
2.リベリオン合衆国
3.ブリタニア連邦
4.自由ガリア
5.帝政カールスラント
6.ロマーニャ公国
7.オラーシャ
8.スオムス

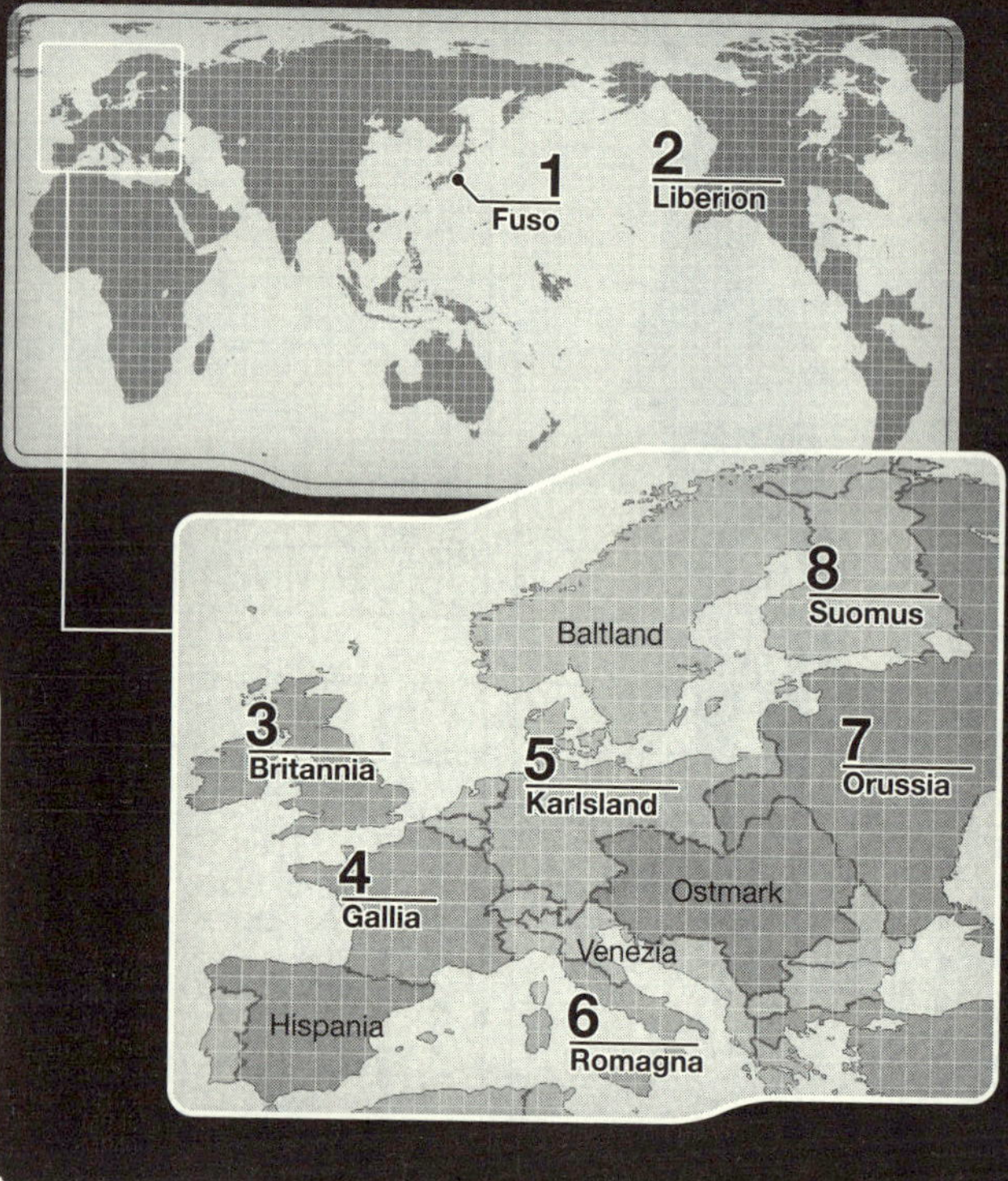

プロローグ
PROLOGUE

STRIKE WITCHES 2
Shimada Humikane & Projekt Kagonish

白波立つ海神《わたつみ》に面した、扶桑《ふそう》の冬の浜辺《はまべ》。
厳寒のこの地に、やや距離《きょり》を取り、向かい合って立つ一組の男女の姿があった。
双方《そうほう》ともに軍服姿。
ひとりは、連合軍第５０１統合戦闘《せんとう》航空団で勇名を馳《は》せた、坂本美緒《さかもとみお》扶桑海軍少佐《しょうさ》。
もうひとりは横須賀《よこすか》鎮守府《ちんじゅふ》で坂本の従兵を務める、土方圭助《ひじかたけいすけ》兵曹《へいそう》である。
「……」
坂本は意識を集中し、魔《ま》法《ほう》力を発動させた。
彼女の使い魔であるドーベルマンの耳が頭部に、尻尾《しっぽ》がお尻《しり》に現れる。
次いで、シールドを展開するが、これはかなり小さい。
坂本が二十歳《はたち》になり、魔法力が衰《おとろ》えてきているためである。
「やれ！」

「はい！」

坂本が命じると、謹厳《きんげん》実直で忠実な土方は、彼女に向けて銃《じゅう》を構え、引き金を引いた。

パンッ！

発射された鉛《なまり》の弾丸《だんがん》は、シールドにめり込むと、そのまま坂本の足元に落ちる。

パンッ！

続いて2発目。

「！」

今度はシールドを貫《つらぬ》いて、風になびく美しい黒髪《くろかみ》を掠《かす》めた。

ほんの数cmずれていたならば、坂本は即死《そくし》していたところだ。

「少佐！」

慌《あわ》てて駆《か》け寄る土方。

「……」

坂本は視線を足元に向け、銃弾をじっと見つめる。

「少佐、お怪我《けが》は!?」

土方は気遣《きづか》う。

「……もう私のシールドには、こんな弾《たま》っころすら弾《はじ》く力も残ってないのか？」

坂本は自嘲《じちょう》気味に呟《つぶや》いた。

「少佐……」

土方には、苦悩《くのう》する上官にかけるべき言葉が見つからない。

だが。

「ネウロイのビームなど、防ぎようがないか……」

決意を新たにしたかのように顔を上げた坂本は、踵《きびす》を返し、軍刀を立て掛《か》けてあった岩場に向かう。

「土方、……私はしばらく旅に出る」

坂本は軍刀を手に取り、鞘《さや》から半分ほど抜《ぬ》くと、刀身に映った自分の顔を見つめるのだった。

＊　＊　＊

季節は移り……。

ここは欧州《おうしゅう》、ヴェネツィア公国。

ヴェネツィアはアドリア海最深部の干潟《ひがた》に木製の杭《くい》を無数に打ち、その上を埋《う》め立てて造った人工島を中心に、対岸のダルマティア地方までを領土とする海洋国家である。

どこまでも碧《あお》いそのヴェネツィアの天蓋《てんがい》に、巨大《きょだい》な黒い渦《うず》が、あたりを睥睨《へいげい》するかのように陣取《じんど》っていた。

直径約20㎞。

高さもその半分近くある、この円錐《えんすい》形の暗雲こそ。

ネウロイと呼ばれる、人類を脅《おびや》かす『怪異《かいい》』の巣とされている、瘴気《しょうき》の渦である。

今、ネウロイの巣に向かって編隊を組んで飛行しているのは、連合軍第504統合戦闘航空団のウィッチたちとサポートの輸送機。

先頭を行くのは扶桑皇国が誇《ほこ》るエースの中のエース、竹井《たけい》醇子大尉《じゅんこたいい》である。

「ネウロイ確認《かくにん》！　昨年夏、501から報告された人型に酷似《こくじ》！」

輸送機に乗っている研究者の声が、インカムを通して竹井の耳に届く。

「了解《りょうかい》！　これから接触《せっしょく》行動に移る」

竹井も、巣から出現した小型のネウロイが女性、いや、少女に似た姿へと変形するのを視認した。

（あれが……宮藤《みやふじ》軍曹と接触したものと同じ型。もともとあんな形を取るものだったのか、それとも最初に接触した宮藤軍曹の姿を真似《まね》たのか……）

距離を詰《つ》めながら竹井は考える。

（どちらにしてもネウロイと話し合うなんて、今まで誰《だれ》も考えたことがなかったわ。なんて子なのかしら、宮藤軍曹。あの美緒が見込んだ才能……一度、会っておきたかったわね）

その宮藤芳佳《よしか》は、今は軍を退き、一介《いっかい》の中学生としての生活を営む傍《かたわ》ら、親の診療所《しんりょうじょ》を継《つ》ぐべく修業《しゅぎょう》中。

もう会う機会はないだろうが……。

「この作戦で、ネウロイとのコミュニケーション実験が成功すれば、ネウロイとの戦いを終結させられるかも知れない……この戦いを」

そう呟いた次の瞬間《しゅんかん》。

「……えっ？」

竹井の横顔を閃光《せんこう》が照らした。

ギュンッ！

竹井はすぐに、それがネウロイの放つビームであることに気がつく。

ドウッ！

どこからか飛来したビームは、あっという間にネウロイの巣と人型ネウロイを殲滅《せんめつ》すると、今度はウィッチたちに襲《おそ》いかかる。

「何故《なぜ》、ネウロイのビームがネウロイを!?」

シールドを張り、辛《かろ》うじて直撃《ちょくげき》を防ぐ竹井。

予想外の事態に反応が遅《おく》れた他のウィッチたちも、慌てて展開する。

だが、無慈悲《むじひ》な驟雨《しゅうう》のように、ビームは彼女たちに降り注いだ。

研究者を乗せた輸送機が、爆音《ばくおん》とともに黒煙《こくえん》を上げる。

竹井が抱《いだ》いていた平和への希望は、儚《はかな》くも潰《つい》えた。

（やはり……夢なの……）

「何、あれ……？」

南を振《ふ》り返ると、そこには突如《とつじょ》出現したもうひとつのネウロイの巣が、どす黒く、禍々《まがまが》しく渦巻《うずま》いている。

「……こちら竹井。作戦は失敗した」

竹井は悲痛な表情で司令部に連絡《れんらく》した。


１９４４年秋。

第５０１統合戦闘《せんとう》航空団の活躍《かつやく》によりガリア地方が解放され、それ以来、ネウロイの活動は世界中で弱まりつつあった。

だが、１９４５年春、ヨーロッパ大陸のヴェネツィア上空に突如として発生した新たなネウロイの巣は、瞬《またた》く間《ま》にヴェネツィアとロマーニャの北部を席巻《せっけん》した。

再び、ネウロイとの激しい戦いに巻き込まれた人類を守れるのは、魔法《まほう》の力で空を舞《ま》う魔女たちのみ。

彼女たちの名は――ストライクウィッチーズ！

第一章
CHAPTER 1

STRIKE WITCHES 2
Shimada Humikane & Projekt Kagonish

手紙
――または、降ってきたウィッチと二度目の旅立ち

春は、扶桑皇国にも訪《おとず》れる。

元連合軍第５０１統合戦闘航空団の一員にして元扶桑海軍軍曹《ぐんそう》、宮藤芳佳は、桜舞う3月に晴れて横須賀第四女子中学校を卒業していた。

現在は、母と祖母の許《もと》で魔女修行《しゅぎょう》に励《はげ》んでいる甲斐《かい》もあり、少しずつではあるが魔法力の制《せい》御《ぎょ》ができるようになってきているところだ。

「芳佳ちゃん、芳佳ちゃん！」

玄関《げんかん》の方から声がした。

「みっちゃん！　どうしたの!?」

出てみると、そこには何かを抱きしめ、泣きそうな顔をしている幼なじみの山川美千子《やまかわみちこ》、通《つう》称《しょう》みっちゃんの姿があった。

その手の中を見てみると、メジロだろうか、瀕死《ひんし》の小鳥がピクピクと震《ふる》えている。

たぶん、猫《ねこ》か野良犬《のらいぬ》に襲われたのだろう。

「うん。大丈夫《だいじょうぶ》」

芳佳は、みっちゃんを安心させるようにそう言うと、魔法力を発動させる。

ピョンと飛び出る、耳と尻尾《しっぽ》。

その手にそっと小鳥を載《の》せ、芳佳は治癒《ちゆ》魔法をかけた。

温かな光が小鳥を包み込む。

(少しは……ちゃんと使えるようになったよ、お父さん)

微笑《ほほえ》み、手を高く掲《かか》げると、元気を取り戻《もど》した小鳥は、芳佳の手を離《はな》れ、太陽に吸い込まれるように飛び立ってゆく。

「わぁ。……よかったね、みっちゃん」

「うん、ありがとう、芳佳ちゃん」

と、喜び合う二人。

しかし。

「……あれ?」

何かが、キラリと空で輝《かがや》いたかと思うと……。

ブ～ン!

グワッシャ～ン!

目の前の雑木林に墜落《ついらく》した。

「きゃあ!」

身をすくませる芳佳とみっちゃん。

「………?」

おそるおそる顔を上げてみると、何かが茂《しげ》みに埋《う》もれてうごめいている。

脚《あし》。

「あれって?」

それも、ストライカーを履《は》いた、女の子のぷるんとした白い美脚《びきゃく》だ。

「うう〜ん」

声がした。

「……痛〜い」

近づいて、覗《のぞ》き込む芳佳たち。

「……ウィッチ!?」

紛《まぎ》れもなくそこにいたのは、扶桑陸軍の魔女。

それが、まっ逆さまに茂みに突《つ》っ込み、脚を上に突き出してもがいているのだ。

「きゃっ!」

芳佳たちの声に驚《おどろ》き、身体《からだ》を起こすウィッチ。

「あ、あの私、扶桑皇国陸軍飛行第47中隊諏訪《すわ》天姫《あまき》であります！」

メガネに長い黒髪《くろかみ》。

ドジっ子のオーラを漂《ただよ》わせる少女は名乗った。

「こ、こんにちは」

芳佳もとりあえず、挨拶《あいさつ》を返す。

「え、えっと、宮藤芳佳さんは……」

天姫はキョロキョロとあたりを見渡《みわた》した。

「は、はい、私ですけど……」

(私だってこんなにはひどい墜落はしたことない……よね、たぶん)

と、思いながらも芳佳は答える。

「はあ〜、良かった〜！」

天姫は安堵《あんど》のため息をつくと、『よしかへ』と宛名書《あてなが》きされた手紙を差し出した。

「えっ？」

戸惑《とまど》う芳佳。

「宮藤博士よりお手紙です〜」

「え、えええ〜！」

青い扶桑の空に、芳佳の驚愕《きょうがく》の声が響《ひび》き渡った。

＊　＊　＊

西の空が茜色《あかねいろ》に染まり始めた頃《ころ》。

「これは……」

診療所《しんりょうじょ》の縁側《えんがわ》では、父からの手紙を握《にぎ》り締《し》めた芳佳を、母と祖母、みっちゃん、そしてほへ～とした顔で出されたお茶をすする天姫が囲んでいた。

「……お父さんからの手紙？」

「ふむ」

と、考え込むのは祖母の芳子《よしこ》。

この地で長年に亘《わた》り診療所を営む芳子は、この年になっても強い魔法《まほう》力を持ち続けている稀《け》有《う》なウィッチのひとりである。

「芳佳、開けてごらん」

「うん」

こちらも未《いま》だに優《すぐ》れた治癒力を保つ母の清佳《さやか》が、娘《むすめ》に声をかける。

芳佳は封筒《ふうとう》を開き、便箋《びんせん》を取り出した。

「何、これ？」

それは便箋というよりも、何かの設計図。

芳佳にとっては、ほとんど意味不明である。

「何かの絵かしら？」

母は眉《まゆ》をひそめる。

「さっぱり分からんのう」

と、祖母。

「……これ、どうしたんですか？」

芳佳は天姫に尋《たず》ねた。

「私は手紙を配達するように命令を受けただけで～、詳《くわ》しいことはわからないんです～」

間延びした口調で語る天姫は、何も知らないようだ。

封筒の表を見ると、各国の切手や消印がやたらと貼《は》ったり押したりしてある。

あちこちの基地をたらい回しにされ、やっと届いたということだろうか？

「う～ん。……そうだ！」

考え込んでいた芳佳の脳裏《のうり》を、ふと、坂本の顔が過《よ》ぎった。

「坂本さんに聞いてみよう！　坂本さんなら、お父さんと一緒《いっしょ》に仕事してたし、わかるかも！」

「海軍養成所の坂本少佐《しょうさ》ですか～？」

と、天姫。

「はい！　明日行ってみます！」

芳佳はうなずく。

これを聞いたみっちゃんも、思わず身を乗り出した。

「私も一緒に行く！」

坂本がまた、芳佳を遠いところに連れて行ってしまう。

みっちゃんはふと、そんな予感を覚えたのだ。

「……………あの～、そろそろ私～、隊に戻《もど》らせていただきます～」

すっかりこの場に馴染《なじ》んでしまっていた天姫は、お茶を飲み干すと、思い出したようにみんなに告げた。

＊　＊　＊

深山幽谷《ゆうこく》。

滝《たき》を背に松の繁《しげ》る、一幅《いっぷく》の水墨画《すいぼくが》のごとき険しい岩場の風景の中にその小さな庵《いおり》はあった。

庵といっても、侘《わ》び、寂《さび》を味わう茶室がある訳ではない。

一部は囲炉裏《いろり》や箪笥《たんす》といった質素な調度品が置かれた板の間だが、大半は土間で、鉄床《かなとこ》と水入れ、鞴《ふいご》つきの火床があるのみ。

玉鋼《たまはがね》を熱し、打って、鍛《きた》え上げる鍛冶場《かじば》となっているのだ。

滝で身を清めた坂本がこの庵に閉じこもって鉄鎚《かなづち》を振《ふ》るい始めてから、もうかなりの日数が経過していた。

金属音が響き渡るたびに、青白い火花が飛び散る。

毎日、夜明け前から深夜まで、坂本はひたすらこの作業に打ち込んでいた。

当初、坂本にとって赤く輝《かがや》く鋼は、ただの金属の塊《かたまり》でしかなかった。

だが、今は違《ちが》う。

坂本の鉄鎚《てっつい》が鍛え上げているのは、己《おのれ》自身。

その魂《たましい》に他《ほか》ならないのだ。

一打ち、一打ち、鋼は変容する。

坂本自身も然《しか》り。

より熱く、より怜悧《れいり》に。

鋭《するど》い刃《やいば》を形成するのは、坂本の意志だ。

そしてこの夜。

何万、何十万回と鉄鎚を振り下ろした、その彼方《かなた》に。

坂本は最後の一打ちを入れると、澄《す》んだ冷水にすっと刃を差し入れた。

たちまち水は沸騰《ふっとう》し、もうもうと白い湯気が庵に立ち籠《こ》める。

「……できた！」

手にした刀身の重みを味わう坂本の口元に、数か月ぶりの笑《え》みが浮《う》かんだ。

＊　＊　＊

診療所《しんりょうじょ》から町の方に坂を下りてゆくと、大通りに面した、歩哨《ほしょう》の立つ門が見える。

横須賀海軍基地だ。

父からの手紙を受け取った翌日、芳佳はみっちゃんとともにこの基地を訪《おとず》れていた。

歩哨は二言三言、芳佳と言葉を交《か》わしてからどこかに電話をし、二人を快く軍港の敷地《しきち》内へ通した。

「坂本さんに会うの、久し振りだな〜」

芳佳の足取りは軽い。

「すごいね、芳佳ちゃん。基地に入れてもらえるんだね」

あたりを見渡《みわた》しながら、感心するみっちゃん。

司令本部に兵舎、格納庫に巨大《きょだい》なクレーン、そして軍艦《ぐんかん》や空母。

地元に住んでいても、海軍基地に足を踏《ふ》み入れたことがある少女はそう多くはないだろう。

「一応、予備役扱《えきあつか》いなんだって。前に坂本さんが言ってた」

「ふ〜ん。確か、坂本さんって、凄《すご》く怖《こわ》い人だっけ？」

坂本に対するみっちゃんの印象は、芳佳からの手紙によるもの。

一度会ってはいるのだが、その時のみっちゃんは事故で意識がなく、覚えていないのだ。

「ううん。すっごく厳しいけど、優《やさ》しい人だよ！　本当はここに来ちゃいけないって言われてたんだけど……」

「え、どうして？」

「……わかんない」

その答えは、未《いま》だに芳佳には分からない。

ただ、そう言い渡した時の坂本の寂しそうな顔は、よく覚えている。

「あ、あそこかな？」

「ん？」

歩哨に指示された通りに進んだ芳佳たちの前に現れたのは、巨大な格納庫だった。

「いいの、芳佳ちゃん？」

芳佳について、薄暗《うすぐら》い格納庫に入るみっちゃん。

「うん。確かここで待っててって……あ？」

芳佳は正面に、ストライカーの発進ユニットがポツンと置かれていることに気がつく。

「これ、坂本さんのストライカーユニットだ……」

「芳佳ちゃんも、ウィッチ隊にいた時はこれを履《は》いて戦ったの？」

扶桑の誇《ほこ》る零式《れいしき》艦上戦闘脚《せんとうきゃく》22型甲《こう》。

みっちゃんも雑誌などで写真は見たことがあるが、実物を目《ま》の当たりにするのは初めてだ。

「うん……。何か、懐《なつ》かしいな……」

ブリタニアでのことを思い出しながら、芳佳が笑みを浮かべたその時。

パッ！

「お待たせしました」

明かりがついて、背後で声。

「あ、土方さん」

「ご無沙汰《ぶさた》しています」

芳佳はこの実直さを絵に描《か》いたような青年に見覚えがあった。

土方圭助兵曹《へいそう》。

坂本が初めて芳佳の許《もと》を訪れた際に、同行してきたのが彼だ。

実は、その折にみっちゃんも土方に会ってはいるのだが、事故で意識がなかったので覚えてはいない。

「せっかく来て頂いたのですが、少佐《しょうさ》はしばらく留守にしておりまして」

土方は、生真面目《きまじめ》で、尚且《なおか》つ親しみの籠《こ》もった目を芳佳に向ける。

「え、留守？　どこ行ったんですか？」

尋《たず》ねる芳佳。

「それはお答えできません。今年の頭にウィッチ養成学校の教官も退官され、今は定期的に私が連絡《れんらく》を取っています」

たとえかつての英雄《えいゆう》でも、今の芳佳は民間人。

扶桑軍人として、これ以上話すことはできないのだということを、土方の表情が物語る。

「あの、昨日……」

芳佳はポケットを探《さぐ》り、封筒《ふうとう》を取り出した。

「父から手紙が届いたんです……」

「宮藤博士からの手紙ですか!?」

封筒を受け取る土方は、驚《おどろ》きを隠《かく》せない。

「確か、お亡《な》くなりになったはずですが、どうして？」

「私にもわかりません。でも坂本さんなら、父のこともよく知っているし、分かるんじゃないかと思って」

「了解《りょうかい》しました。この手紙は、少佐がお戻《もど》りになったら渡しておきます」

土方は頷《うなず》いた。

「あ、はい！　お願いします！」

「よかったね、芳佳ちゃん」

ホッとする芳佳に、みっちゃんがそう微笑《ほほえ》みかけたところに。

「宮藤さ〜ん！」

脇《わき》の方から陽気な声が聞こえてきた。

「？」

芳佳が目を向けると、そこには窓から格納庫を覗《のぞ》きこむ、整備兵たちの姿があった。

「お久し振りで〜す！」

「この前のぼた餅《もち》、すごく美味《おい》しかったです！」

「またお願いしま〜す！」

遣欧艦隊《けんおうかんたい》で一緒《いっしょ》だった面々である。

芳佳は鉄柵《てっさく》の穴を利用し、何度か無断で差し入れを持ってきたことがあるのだ。

「芳佳ちゃん、大人気だね」

感心するみっちゃん。

「そんなことないよ〜」

芳佳は真っ赤になる。

だが、その時。

「土方兵曹！　ガリア軍令部から緊急《きんきゅう》の入電です！」

息を切らせた電信兵が、格納庫に飛び込んできた。

「どうした！」

振《ふ》り返る土方。

「ガリア……？」

芳佳はガリアと聞いて胸騒《むなさわ》ぎを覚える。

ガリアは今、リーネとペリーヌがいる土地だ。

「欧州のネウロイに何か異変が起きた模様です！」

電信兵は続けた。

「何だって！」

土方は急いで電信室へと向かう。

「……ネウロイ」

「芳佳ちゃん！」

芳佳とみっちゃんも土方に続いた。

複雑な電子装置が並ぶ電信室には第二報が入ってきていた。

「発、ガリア駐留《ちゅうりゅう》ウィッチ。宛、連合軍各司令部。昨日、ヴェネツィア上空に突如《とつじょ》発生したネウロイは、以前より格段に強化されており、ヴェネツィアは当日陥落《かんらく》。その際、ロマーニャ北部防衛の504統合戦闘《せんとう》航空団は、これと交戦し、多大なる損害を受け戦闘不能に至れり」

この報告を、電信兵から神妙《しんみょう》な表情で聞く土方。

芳佳とみっちゃんは、電信室の入口のところに立って、様子をうかがう。

「ロマーニャの504航空団が戦闘不能だと！　あそこには我々扶桑海軍のウィッチも派遣《はけん》されていたはず！」

土方を始め、電信室の全員に緊張《きんちょう》が走る。

「ガリアって、芳佳ちゃんの友だちがいるとこだよね……」

みっちゃんが呟《つぶや》く。

「こちら、扶桑海軍の土方です！　ロマーニャの504部隊の状況《じょうきょう》を教えてください！」

土方自らが通信機を握《にぎ》り、相手方と連絡を取ろうとする。

「……こちら……ガリア軍令部。私はブリタニア空軍の……リネット・ビショップ曹長《そうちょう》……です」

「！」

芳佳は息を呑《の》んだ。

電信室のスピーカーから流れてきたのは、リーネの声だったのだ。

「……詳《くわ》しい戦況《せんきょう》は分かりません」

ノイズ交じりにリーネの声は続ける。

「ウィッチの援軍要請《えんぐんようせい》は……こちらにも入っているのですが……、派遣しようにもウィッチの数が不足していて実行できないんです」

「そんな……いくらウィッチの数が足りないとはいえ……」

土方は絶句する。

「それで……私たちが…………」

ノイズがリーネの声を掻《か》き消した。

「どうかしましたか!?　聞こえますか!?　リネット曹長!」

電信兵が何とかチューニングを合わせようとするが、うまくいかない。

「駄目《だめ》です!　電離層《でんりそう》に乱れが生じていて、これ以上は!」

覗き込む土方に向かって電信兵は答える。

「くそっ!　無理か……」

悔《くや》しそうに通信機を置こうとする土方に向かって、芳佳は叫《さけ》んだ。

「お願いです!　もう一度つないでください!　今の娘《こ》、大切な友だちなんです!」

「……もう一度、無線を!」

「やってみます!」

土方と電信兵は再度、通信を試み、土方は芳佳に受話器を手渡《てわた》した。

「こちら扶桑海軍横須賀基地！　ガリア軍令部、聞こえるか！」

何度も繰《く》り返す電信兵。

「リーネちゃん！　聞こえる!?　返事して！」

芳佳も受話器に呼びかける。

「……」

みっちゃんはその後ろで、見守ることしかできない。

だが。

ガチャン！

突然、スピーカーから流れていた雑音が遮断《しゃだん》された。

何者かの手が通信機のスイッチを切ったのだ。

「!?」

気配を感じて振り返る芳佳のすぐ目の前に立っていたのは、マント姿の坂本だった。

「宮藤、何故《なぜ》ここにいる!?」

恫喝《どうかつ》するように問いつめる坂本。

「さ、坂本さん？」

戸惑《とまど》う芳佳の背後で、土方が上官に向かって敬礼する。

「坂本さん、大変です！」

我に返った芳佳は続けた。

「リーネちゃんが！　またネウロイが出たって！」

「それはお前には関係ない！」

「関係あります！　リーネちゃんは友だちです！」

「……芳佳ちゃん」

口を挟《はさ》めないみっちゃんはただ、オロオロするだけだ。

「ふっ、友だちか……まったく相変わらずな奴《やつ》だ」

ほんの少し、言葉尻《じり》にいつもの調子がこもるが、それでも厳しい表情は変えない。

「だが、欧州《おうしゅう》の危機は、我々扶桑海軍に任せてもらおうか」

「……」

その時、芳佳は気がついた。

もう自分が軍人ではないことに。

「宮藤、海軍軍人でないお前に、ここにいる資格はない！　今すぐに出て行け！」

＊　＊　＊

「これより我が扶桑海軍は、緊急《きんきゅう》欧州支援作戦を開始する！」

電信室を出た坂本は格納庫へと向かっていた。

「了解《りょうかい》！」

と、付き従う土方。

「再び届いた博士からの謎《なぞ》の手紙……新たな戦いを告げているのか？」

坂本は歩きながら、宮藤博士の手紙に目を通す。

「土方、この手紙は研究室に回しておけ！」

「はっ！」

先ほど、芳佳たちがいた格納庫とは別の格納庫の前に坂本たちは到着《とうちゃく》した。

扉《とびら》が開くと、中では零式とはまた別のストライカーを載《の》せた発進ユニットが、運び出されるのを待っていた。

「これが新型の紫電改《しでんかい》か？」

そばにいた整備兵に、坂本は声をかける。

「はい、前の零式よりも魔導《まどう》エンジンの出力が上がってます」

と、整備兵。

「でも、いいんですか？　テスト飛行されなくて？」

「いい。急いでるんでな」

＊　＊　＊

同じ頃《ころ》。

坂本に基地を追い出された芳佳とみっちゃんは、基地を見下ろす丘《おか》の上にいた。

並んで立ち、ぼんやりと軍港を見つめる芳佳と、それを気遣《きづか》うみっちゃん。

「うわ〜、でっかい飛行機だね〜」

何とか元気づけようと、みっちゃんはちょうど降りてきた飛行艇《ひこうてい》を見て声を上げる。

二式大艇。

扶桑の誇《ほこ》る、ストライカーの発進ユニットも搭載《とうさい》可能な大型輸送機だ。

「……そっか……あの飛行機なら一週間もかからずに欧州まで行けるんだ……」

芳佳はふと大型クレーンの方に目をやった。

「あれは……」

何かの積み込み作業が、急ピッチで進んでいる。

「……ストライカーユニット！　新しいヤツだ！」

芳佳は身を乗り出した。

「どうしたの、芳佳ちゃん？」

芳佳の顔を覗《のぞ》き込むみっちゃん。

「……飛ぶ気なんだ」

「え？」

「坂本さんはまだネウロイと戦う気なんだ！　もうシールドが使えないはずなのに！」

「あ、芳佳ちゃん！」

みっちゃんが止める間もなく、芳佳は丘を駆《か》け下りていた。

＊　＊　＊

坂本と土方は、二式大艇に乗り込むべく桟橋《さんばし》を渡《わた》っていた。

「……少佐《しょうさ》。前の戦いで戦果を挙げた宮藤さんを、何故《なぜ》帰されたのですか？」

答えは最初から分かっていた。

だが、自分が問い、それに答えることで坂本の背負った重荷が少しでも軽くなることを祈《いの》り、土方は敢《あ》えて尋《たず》ねる。

後方のハッチから中に入り、ベンチに腰《こし》かける坂本。

「あいつはもう充分《じゅうぶん》戦った」

それはまるで、坂本が自分自身に言い聞かせているかのような答えだった。

「務めは果たしてくれた。それだけだ」

「……」

「ストライカー発進ユニット、積み込み完了《かんりょう》」

外で整備兵の声。

「二式大艇発進準備、ヨロシ！」

機長が坂本に告げる。

「発進！」

坂本の号令とともに、二式は水上を滑《すべ》り始めた。

＊　＊　＊

芳佳は鉄柵《てっさく》の穴から基地に侵入《しんにゅう》し、先ほどの格納庫に飛び込んでいた。

ここに零式が置かれていたことを思い出したのだ。

「ん？」

中にいた整備兵たちが、ガラガラというハッチの音に振《ふ》り返る。

「……宮藤……さん？」

「……」

芳佳は息を整える間もなく発進ユニットに駆け寄った。

「ちょ、ちょっと！」

ジャンプし、まるでストライカー自身に吸い込まれるように装着する芳佳。

使い魔《ま》である豆柴《まめしば》の耳が頭に、尻尾《しっぽ》が発育途中《とちゅう》のお尻《しり》に現れる。

「発進します！」

「ええっ！」

啞然《あぜん》とする整備兵たち。

プロペラが出現して回転を始める。

「駄目《だめ》だ、宮藤さん！　そんな命令出ていない！」

ようやく我に返った整備兵のひとりが、芳佳の前に立ちふさがる。

「お願いです！　坂本さんと一緒《いっしょ》に、行かせてください！」

「し、しかし！」

整備兵は気圧《けお》される。

そこに。

「芳佳ちゃん！」

やっとみっちゃんが追いついてきた。

「みっちゃん……」

遠くで、飛び立とうとする二式大艇のプロペラの音が聞こえる。

うつむきながら、近づくみっちゃん。

「みっちゃん、私、行かなきゃ」

「……行ってらっしゃい。気をつけてね」

顔を上げたみっちゃんは、涙《なみだ》を堪《こら》え、微笑《ほほえ》んで告げた。

そう。

芳佳はウィッチ。

扶桑海軍の誇《ほこ》り。

扶桑皇国の誇り。

そして私の誇り。

もう、みっちゃんの心に、送り出すことへの躊躇《ためら》いはない。

「……うん！　行ってきます！」

「……正面ハッチ、開け！」

「了解《りょうかい》！」

「よっしゃ！」

この様子を見ていた整備兵たちは、意を決したように持ち場に走った。

魔導エンジン出力全開！

巨大《きょだい》な魔法陣《まほうじん》が芳佳の足元に出現する。

「な、何て魔法力だ！」

後ずさる整備兵たちも、格納庫の床《ゆか》全部を覆《おお》うほどの魔法力の発現を見るのは初めてだ。

「なんて魔法力だ……」

「進路よし！」

「風向きよし！」

「ストライカーユニット固定ボルト、解除確認《かくにん》！」

「発射準備完了！」

「発進！」

芳佳は飛び立った。

格納庫を飛び出し、舞《ま》い散る桜の花びらを巻き込み、上昇《じょうしょう》してゆく。


一方。

「？」

二式大艇機内の坂本は何かを感じ、窓からたった今飛び立ったばかりの軍港を振り返った。

「どうされました、少佐《しょうさ》？」

土方が尋《たず》ねる。

「何だ、あの桜は？　……まさか!?」

薄紅色《うすべにいろ》の桜の中で、何かがキラリと光る。

「！」

坂本はハッチへ走った。


「坂本さ〜ん！」

宮藤のストライカーは二式大艇に迫《せま》っていた。

大艇の左舷《さげん》ハッチが開き、坂本が姿を見せる。

「何しにきた、宮藤!?　すぐに戻《もど》れ！」

怒鳴《どな》る坂本。

「お願いです、坂本さん！　私も連れてってください！」

並行《へいこう》して飛びながら、芳佳は訴《うった》える。

「駄目だ！　お前にはこの国で、お前のやるべきことがあるだろう！」

「でもやっぱり私！　私……！」

言いたいことが、なかなか言葉にならない。

いつもながら、もどかしい。

「私、守りたいんです！　うわあああっ！」

結局、口をついて出たのは、いつものあの想《おも》いだった。

「……守りたい？　……ハハハハハッ！」

怒る気も失《う》せた、というような呵《か》呵大笑《かたいしょう》。

だが、坂本が笑っていたのは実は芳佳のことではない。

民間人だと拒《こば》んでおきながら、心の底で、密《ひそ》かに芳佳に期待していた自分を笑ったのだ。

「坂本さん？」

何故《なぜ》笑われたのか分からずに、ポカンとする芳佳。

「来い、宮藤！」

坂本は手を差し出した。

「はい！」

芳佳はその手をしっかりと握《にぎ》り締《し》めた。

第二章
CHAPTER 2

STRIKE WITCHES 2
Shimada Humikane & Projekt Kagonish

リベリオン横断
――または、観光気分でシャッターを

「わわわわわっ！」

二式大艇が補給のために、ハワイ、オアフ島の飛行場に着陸すると、芳佳は目をまん丸にした。

「何をそんなに興奮している？」

タラップから下りながら、坂本は首を傾《かし》げる。

「だって！　ハワイですよ！　南の島ですよ！　常夏《とこなつ》の海ですよ！　フラダンスですよ！」

とはいえ、今は深夜。

月明かりに煌《きらめ》く海原《うなばら》も、それはそれで風情《ふぜい》があるが、南の島を実感するものではない。

「別に珍《めずら》しい風景ではなかろう？　熱海《あたみ》と大して変わらん」

「もう！　坂本さんは感動薄《うす》すぎです！　鈍《にぶ》いんですよ」

芳佳は唇《くちびる》を尖《とが》らせる。

「……ぷっ！」

傍《かたわ》らで耳を傾《かたむ》けていた土方は吹《ふ》き出すが、坂本にじろりと睨《にら》まれ、いつもの真面目《まじめ》な表情に戻る。

「一緒《いっしょ》に写真撮《と》りましょう！」

芳佳は坂本を引き寄せた。

「カメラ、整備の人に借りたんですよ！」

「お、おい？」

戸惑《とまど》う坂本。

「では、私が」

芳佳から二眼レフカメラを受け取った土方が、少し下がってレンズを向ける。

「はい、チーズ」

パシャ！

照れ臭《くさ》そうに頭を掻《か》く坂本と笑顔《えがお》の芳佳の姿を、フィルムは捉《とら》えた。

翌朝早く、二式はハワイを後にした。

「う〜、観光できなかった〜」

窓にかじりつく芳佳は未練たらたらだ。

「パイナップル、食べたかったのに～」

「お前な、物見遊山《ものみゆさん》じゃないんだぞ」

呆《あき》れる坂本。

「でも、もう一生来られないかも知れないんですよ～」

「大袈裟《おおげさ》な」

と、笑いかけた坂本だが、すぐにこの二式大艇の目指す欧州《おうしゅう》の地が、戦場であることを思い出す。

「……一生、来られないか」

「今度降りるのって、どこですか？」

芳佳は地図を見ている土方に尋《たず》ねた。

「リベリオン西海岸ですね」

と、土方。

またしばらくは退屈《たいくつ》で穏《おだ》やかな、大海の風景が続くが、特にやることがある訳でもなく、芳佳はリベリオンのガイドブックを土方から借りて、目を通す。

「ええっと、ハリウッドに、ロッキー山脈……」

「お前、それだけ熱心に勉強していれば、もう少しいい成績で卒業できたんじゃないか？」

横から坂本が覗《のぞ》き込む。

「ど、どうして坂本さんが私の成績を知ってるんですか！」

顔を真っ赤にする芳佳。

「カマをかけただけだ」

坂本は肩《かた》をすくめる。

「もう、いいです」

いじけた芳佳は坂本に背を向けた。


午後になった。

相変わらず、外の風景は一面の大海。

時間が止まっているように感じられる。

ベンチに座りっぱなしだと、身体《からだ》が硬直《こうちょく》するので、時おり、坂本は立ち上がって軽い柔軟《じゅうなん》体操をする。

「お前もやるか？」

坂本は芳佳を振《ふ》り返った。

「はい」

と、気軽に真似《まね》をしようとした芳佳は、すぐに息が上がってしまう。

「うう、曲がりません！」

前屈《ぜんくつ》に苦戦する芳佳。

「半年のブランクは大きいか!?　背骨を折る気で曲げろ！　前屈で死んだ人間は、有史以来いない！」

坂本はすっかり教官モードだ。

「うう〜、こんな時間のつぶし方、イヤです！」

「お二人とも、楽しそうで」

パシャ！

土方は微笑《ほほえ》みながら、この光景を写真に撮った。

ようやく陸地が見えてきたのは、日が沈《しず》んで少し経《た》った頃《ころ》だった。

「大陸最初の補給地は、ＬＡ近郊《きんこう》の空軍基地だな」

坂本は土方に確認《かくにん》した。

「このサンフランシスコからは、ほぼ真南です」

と、土方。

「坂本さん！　あれが有名なゴールデンゲートブリッジですよ！」

窓に顔をくっつけ、芳佳は坂本の袖《そで》を引っ張る。

まるで地上の銀河。

輝《かがや》く不夜城のごとき街並みに、芳佳はすっかり魅了《みりょう》されていた。

「お前はいちいち興奮するなあ」

という坂本も、海に飽《あ》きてきたところなので、陸地を見て楽しそうだ。

転進した二式は、やがて、ロサンジェルス上空へ達する。

「ここがロサンジェルス！　土方さん、ハリウッドはどこですか⁉」

二式が滑走路《かっそうろ》上で停止すると、芳佳はタラップを踏《ふ》むのももどかしい様子で飛び下りた。

「さ、さあ？　近いとは思いますが……」

土方はロサンジェルスの地図を広げる。

「スターの人とか、歩いてないかな？　ええっと、チャップリンさんに、ダグラス・フェアバンクスさんに、エロール・フリンさん……」

芳佳は知っている俳優を数え上げる。

「いや、そう簡単には逢えんだろう」

さすがの坂本でもそのくらいのことは分かる。

「あれは何でしょう？」

あたりを眺《なが》めていた土方が、基地の宿舎近くに停車しているリムジンを見つけた。

場にそぐわない高級車のまわりには、人だかりができている。

「私、ちょっと聞いてきますね！」

芳佳はカメラを手に駆《か》け出してゆくと、十分ほどして戻《もど》ってきた。

「坂本さん、さすがロサンジェルスです！」

芳佳は紅潮した顔で告げる。

「ちょうど基地の慰問《いもん》に来てたらしくって、子役の人がいたんです！　ルッキーニちゃんくらいの年の子で、一緒《いっしょ》に写真に写ってもらって、サインまで貰《もら》っちゃいました！」

芳佳はノートを坂本に見せた。

「おお、お前はやっぱりついているな！」

坂本は破顔し、サインを読もうとするが、達筆なのでなかなか読めない。

「……知ってるか？」

と、土方に聞く坂本。

「エリザベス……さあ？」

この二人、見る映画は専《もっぱ》らチャンバラである。

「ええっと、『家路』って映画に出てるそうですよ」

と、芳佳は本人から聞いた情報を伝えた。

「まあ、記念になれば、何でもいいだろう」

大雑把《おおざっぱ》な坂本は肩《かた》をすくめる。

「もう寝《ね》るぞ。明日も早い」

「え〜っ！」

と、一応抗議《こうぎ》する芳佳も眠《ねむ》そうな目。

ずっと機上の身というのもなかなか疲《つか》れるものなのだ。

「では、私は給油を」

整備兵たちがいるはずの方を振《ふ》り返る土方。

「……う」

既《すで》に二式の周囲には扶桑兵士の姿はなく、みな、ハリウッドの子役スターのところに殺到《さっとう》していた。


翌朝、ロサンジェルスを発《た》った二式大艇は青いロッキーの山並みを越《こ》え、赤い西部の荒野《こうや》の上空を進んでいた。

「坂本さん！　バッファローです！」

芳佳は、野牛の群れが疾走《しっそう》するのを見て興奮する。

「あんなにたくさん！　全部牛ですよ、牛！」

「それはそうだろう！　はっ！　はっ！」

不安定な機内で、素振《すぶ》りを続ける坂本。

「しゃぼてんがあんなにおっきく！　リベリアンは何でもおっきいですね！　……あ」

芳佳はふと、シャーリーの胸を思い出す。

「そっか、そのせいかあ」


二式は夕陽《ゆうひ》とともにソルトレイク近郊《きんこう》の基地に下りた。

砂埃《すなぼこり》の混じる風。

真っ直《す》ぐな地平線がどこまでも続いているのに、芳佳は驚《おどろ》く。

「見事に……何にもない風景ですね」

「さすがにこのあたりには、観光の目玉はないだろう？」

リベリオン案内を手にした芳佳に、坂本は笑いかける。

だが。

「イヤッホ〜！」

「ヤピカイエ〜！」

突然《とつぜん》、奇声《きせい》が聞こえてきたかと思うと、バイクや馬に乗ったカウボーイハットの男たちが滑走路に走り込んできて、二式大艇を取り囲んだ。

「て、敵襲《てきしゅう》ですよ！」

二式の周囲をグルグル回る男たちを見て、芳佳は坂本にしがみつく。

「何を馬鹿《ばか》な」

と、坂本は答えたものの、男たちの正体がつかめない。

そのうち、ひとりのヒゲ面《づら》が坂本たちの前でバイクを止めた。

「お前ら、ストライクウィッチーズだそうだな!?」

「その通りだ！」

坂本はズイッと進み出る。

「ヘイ！　やっぱりだぜ！」

ヒゲ面の男は、仲間を振り返ってグイッと右手の親指を突《つ》き立てた。

おお～っ！

という歓声《かんせい》が、男たちの間で上がる。

「シャーリーを知ってるか!?」

ヒゲ面男は芳佳に尋《たず》ねた。

「は、はい」

声が裏返りそうになる芳佳。

「シャーリーは、俺たちにとっちゃヒーローなんだ！　その仲間《キモサベ》と聞きゃあ、歓迎《かんげい》しねえわけにはいかねえ！」

ヒゲ面男はニッと笑うと、仲間に怒鳴《どな》った。

「おい、パーティだ！　バーベキューの用意をしやがれ！」

「イエア！」

ランチワゴンが運ばれてきて、火が焚《た》かれる。

「わ、私たち歓迎されているん……ですよね？」

強《こわ》ばった顔で、自分に言い聞かせる芳佳。

「ちっこいお嬢《じょう》ちゃん、名前は？」

バーボンの瓶《びん》を持った男が近づいてきて、芳佳に尋ねた。

「み、宮藤芳佳です」

「そっちの気の強そうなのは？」

男は次に坂本を見る。

「私は扶桑海軍少佐《しょうさ》、坂本美緒だ！」

胸を張って名乗る坂本。

「さしずめ、扶桑のカラミティー・ジェーンってとこかあ～っ！」

ガハハハッと笑う男。

「カ、カラミ……？」

開拓《かいたく》時代の有名な女ガンマンの名前を、坂本は知らなかった。

「お～っと、ジョークだぜ！」

男はウインクすると、バーボンの瓶を坂本に押しつけ、背中をドンと叩《たた》く。

「さあ！　そろそろ肉が焼けるぜ！　どんどん食いな！」

こうして始まったカウボーイと扶桑海軍兵士のバーベキュー大会は、深夜まで続いた。

「みんな、荒《あら》っぽいけど……いい人たちですね」

ハンバーガーを手に、坂本の隣《となり》に座った芳佳は呟《つぶや》く。

「ああ。それに、シャーリーはみんなに好かれている。羨《うらや》ましいくらいにな」

「会いたいな……」

「おい、それは無理だろう」

風が冷たくなってきたので、坂本は自分のマントで芳佳を包んでやる。

「あいつはルッキーニと一緒《いっしょ》にアフリカだ」

「……です……よ……ね」

「……宮藤？」

いつの間にか、芳佳は寝息《ねいき》を立て始めている。

「……やれやれ」

微笑《ほほえ》んだ坂本はそっと芳佳を抱き上げた。

「あれが自由の女神《めがみ》！」

二日後。

東海岸での補給を終えた二式大艇は、とうとう大西洋越《ご》えに飛び立っていた。

「ほう、大きいな」

これには坂本も素直《すなお》に感心する。

「鎌倉《かまくら》の大仏が立ち上がっても、あれほどはなかろう」

「とうとうリベリオンともお別れですね」

感慨《かんがい》深げな表情を浮《う》かべる芳佳。

「ああ。この先は戦場だ」

坂本は頷《うなず》く。

「さよなら、リベリオン！」

芳佳は自由の女神に向かって手を振《ふ》る。

パシャ！

その後ろ姿を、土方のカメラのレンズはしっかりと捉《とら》えていた。


後日。

リベリオンで撮影《さつえい》されたスナップ写真は、扶桑海軍によって芳佳の実家である診療所《しんりようじよ》に届けられた。

「……これ、どこなのかしら?」

「さあてねえ」

困惑《こんわく》の表情の母と祖母。

ほとんどのスナップに写っているのは、どれも真っ暗な背景に、不気味に浮かび上がる芳佳と坂本のちょっとピンぼけな姿。

どうやら土方は、写真を撮《と》るのがものすごく下手なようだった。

「こ、怖《こわ》い」

思わず呟くみっちゃんだが、一枚のスナップを手に取ると、あっと息を呑《の》んだ。

「……これ! こ、この人!」

みっちゃんが指さしたのは、ロサンジェルスで芳佳と一緒に写ってくれた女の子である。

「おやまあ?」

「エリザベス・テーラー!?」

祖母と母は顔を見合わせる。

芳佳の隣で笑っているのは、世界に愛された名子役、『緑園の天使』や『若草物語』でその名を知られる、未来の大女優だったのだ。

＊　＊　＊

「ヴィルケ中佐《ちゅうさ》、入ります」

ここはロンドン、連合軍司令部の一室。

「やってくれたわね」

ミーナ・ディートリンデ・ヴィルケ中佐を呼び出した司令官ガランド将軍は、出頭してきた彼女を見て渋面《じゅうめん》を作った。

「あら？　何のお話でしょう？」

「各国の軍司令部に脅《おど》しをかけ、ヴェネツィアへの補給の約束を取りつけたでしょう？　それも私の名前を使って」

「将軍の命令だなんて、私は一言も」

おやおや、という顔で肩《かた》をすくめるミーナ。

「ただ、ヴェネツィアの陥落《かんらく》は一過性のものではなく、大規模なネウロイの攻勢《こうせい》の前触《まえぶ》れであり、どの国も次が自国の番ではないとは決して言い切れない。と、ガランド将軍はお思いになっているのではないか、という主旨《しゅし》のことを口にしたまでで」

「私だって分かっているのよ」

ガランドは眉《まゆ》をひそめる。

「どの国の首脳もガリア奪還《だっかん》以来、自国の復興のみ夢見ている。連合軍に割《さ》く、物資、人員の余裕《よゆう》はない。政治屋の誰《だれ》もがそう口を揃《そろ》える。でも……」

「今までの戦いが前奏曲に思えるほどの厳しい戦いが、この後に控《ひか》えている」

ミーナが言葉を継《つ》ぐと、ガランドは立ち上がり、窓の外に目をやった。

春といえども、霧《きり》は深く、肌寒《はだざむ》い日が続いている。

ガス燈《とう》の下を行き交《か》う人々のコートもまだまだ厚い。

「物資はもぎ取れたとしても、ウィッチはどうするの？」

ガランドは尋《たず》ねた。

「かつての501のような精鋭《せいえい》を集めるのは至難の……」

ミーナが微笑《ほほえ》んでいることに、ガランドは気がついた。

「まさか、既《すで》に手を回して？」

「将軍、人は集めるものではなく、自然と集まるものですわ」

ほんの少し、首を傾《かたむ》けるミーナ。

「……あのマロニーが、貴官のことを牝狐《めぎつね》と罵《ののし》っていたことを思い出すわね」

「まあ」

ミーナは心外だと言わんばかりの表情を作る。

「……いいわ。私もあなたぐらいの頃《ころ》は上官を上手《うま》く利用したものだもの」

将軍は苦笑《くしょう》し、扉《とびら》の方に足を向けた。

「どちらに?」

「いったん着替《きが》えに自宅に戻《もど》ります。貴官も1時間以内にドレスアップして、ザヴォイ・ホテルのパーティ会場に来なさい。例のワインレッドのドレスで」

「パーティ?」

「英国首相との会食よ。せめてお偉《えら》いさん方の前で、自慢《じまん》の美声を披露《ひろう》するぐらいのことはして貰《もら》わないと」

ガランドは予《あらかじ》め用意していた招待状を指で挟《はさ》み、ミーナの鼻先に突《つ》き出した。

「蕩《とろ》かして、財布《さいふ》の紐《ひも》を緩《ゆる》ませなさい」

どうやら、こちらも元ウィッチ。

一筋縄《ひとすじなわ》ではいかない人物のようだった。

＊　＊　＊

「お腹《なか》減った〜」

気だるそうな声がした。

ここは古《いにしえ》の遺跡《いせき》群に近い、ロマーニャ沿岸部。

紺碧《こんぺき》の海に臨《のぞ》む白い砂浜《すなはま》に寝《ね》そべっているのは、本来ならアフリカ戦線にあるはずの二人。

ロマーニャ公国空軍第4航空団所属フランチェスカ・ルッキーニ少尉《しょうい》と、リベリオン合衆国陸軍第363戦闘《せんとう》飛行隊所属シャーロット・E・イェーガー大尉だった。

先ほどの情けない声は、ルッキーニ。

「缶詰《かんづめ》食うか〜?」

それよりも、さらにかったるそうに答えたのはシャーリーである。

「リベリオンの缶詰はやだ〜! おいしい料理が食べたい〜!」

じんわりと柑橘《かんきつ》系の匂《にお》いのする汗《あせ》を肌ににじませ、寝そべったままルッキーニはごねる。

「無茶言うなよな〜。大体ここって、補給ないんだぞ」

補給があったとしても、シャーリーの腕《うで》でできる料理はたかが知れているのだが。

「やだ〜! 芳佳の料理が食べた〜い!」

ブリタニア時代に、すっかり芳佳に餌付《えづ》けされてしまったルッキーニの舌にとって、リベリオンのスパムは料理ではなく餌《えさ》だ。

と、そこに。

「……ん?」

やってられないという顔で空を見上げるシャーリー。

シャーリーがその魅惑《みわく》的な太股《ふともも》の間に置いていた無線機が、突然《とつぜん》ジリリと鳴った。

よっこらしょっと反動をつけて起き上がり、受話器を取る。

「は～い、こちらイェーガー。……………何？　ホントか！　了解《りょうかい》、すぐに向かう！」

無線を切ったシャーリーは、ニッとルッキーニに笑いかけた。

「喜べ、ルッキーニ！　扶桑から補給が来るぞ！」

缶詰の日々よ、さらば。

「やたっ！　ご飯が飛んできた！」

ルッキーニの顔が、パッと輝《かがや》いた。

第三章 CHAPTER 3

STRIKE WITCHES 2
Shimada Humikane & Projekt Kagonish

私であるために
――または、坂本少佐の命名センス

雲間から眼下に、サファイアの煌《きらめ》きを湛《たた》えた海が見えた。

悠然《ゆうぜん》と空をゆく二式大艇《てい》の中では、懐中《かいちゅう》時計を眺《なが》めながら現在位置を確認《かくにん》した土方が、坂本に報告する。

「現在、アドリア海上空。間もなくロマーニャ軍北部方面隊基地に到着《とうちゃく》します」

「うむ」

と、頷《うなず》く坂本の横では、芳佳がほっと息をつく。

「う〜、やっと下りられる」

「鈍《なま》ったな、宮藤」

横目で見る坂本。

「う」

「この程度の飛行でもう弱音か？」

「……すいません」

へこむ芳佳はふと、思いついて尋《たず》ねた。

「あ、そうだ。お父さんからの手紙、何だか分かりましたか？」

「いや」

坂本は答える。

「だが、宮藤博士の研究に関するものかも知れん。技術班には渡《わた》しておいた。遅《おく》れて届いたのは、検閲《けんえつ》によるトラブルだろう」

「またかぁ」

以前の手紙も、芳佳の許《もと》に届いたのは博士の死後だ。

（ほんと、間が悪いんだから、お父さん）

と、芳佳が胸の内で愚痴《ぐち》を零《こぼ》したその時。

ビーッ！

警報が機内に鳴り響《ひび》いた。

「えっ!?」

「レーダーに未確認機の反応アリ！　急速接近中！」

操縦士が坂本に報告する。

「何っ！」

坂本がベンチから立ち上がるのと同時に、窓の外が赤く輝いた。

ビシュッ！

一条のビームが、二式の機体下部を掠《かす》めたのだ。

ビシュッ！

ビシュッ！

さらに、もう2発。

3発目は左第1エンジンに被弾《ひだん》。

エンジンは爆発《ばくはつ》し、黒煙《こくえん》を上げる。

「きゃあああああっ！」

「うわっ！」

機体が大きく揺《ゆ》れ、芳佳と土方はベンチから投げ出される。

「どうした！」

操縦士に確認する坂本。

「未確認機からの攻撃《こうげき》です！　第1エンジンに被弾！　未確認機、なおも接近中！」

「まさか！」

坂本は眼帯を上げ、舷側《げんそく》の窓から魔眼《まがん》で前方を確認する。

その魔法の眼《め》が捉《とら》えたのは、無機質で異様な飛行物体。

言わずと知れたネウロイ、それも大型の奴《やつ》だ。

「ネウロイ確認！　距離《きより》、約12，000！」

「っ！」

芳佳は坂本の方を振《ふ》り向く。

「奴らめ、もうこんなところまで来ていたのか!?」

ネウロイはさらにもう1発、ビームを放った。

これを避《よ》けようと、二式大艇の機体は大きく傾《かたむ》く。

「きゃあああああ！」

芳佳の身体《からだ》は撥《は》ね上げられ、坂本にぶつかった。

何とか機体を立て直すと、芳佳は床《ゆか》に土方が転がっているのに気がつく。

どこかに激しくぶつけたらしく、腹部から出血して呻《うめ》いている。

「土方さん！」

芳佳は駆《か》け寄り、すぐに治癒《ちゆ》魔法を使った。

土方の表情は次第《しだい》に落ち着き、呼吸も安定する。

「魔法力が安定している。……成長したな、宮藤」

この様子を見て、満足そうに頷く坂本。

だが、この間もネウロイは攻撃の手を緩《ゆる》めない。

ビームが何度か、二式大艇を掠める。

「今は退却《たいきゃく》だ。急降下してやり過ごす！」

坂本が機長に内線で指示を出す。

「了解《りょうかい》！」

二式は機首を下げ、雲海に向かって急降下し始めた。

坂本は芳佳と土方の前を通り過ぎ、操縦室に向かう。

「坂本さん！」

はっとして、その後に続く芳佳。

「どうだ、振り切れそうか？」

操縦室に入ると、坂本は機長に尋ねた。

「何とかやってみます！」

必死で操縦桿《そうじゅうかん》を握《にぎ》る機長は答える。

「頼《たの》むぞ！」

坂本はそう励《はげ》ますと、自分を追いかけてきた芳佳を振り返った。

「坂本さん！」

「ふっ、私が出撃《しゅつげき》するとでも思ったのか、宮藤？　安心しろ、今は避難《ひなん》して地元のウィッチの援軍《えんぐん》を待つ！」

「はい！」

芳佳はほんの少し、安心して頷《うなず》いた。


数分後。

芳佳たちの耳に、ドーン、ドーンという砲声《ほうせい》が飛び込んできた。

待ちに待った、アドリア海沿岸ヴェネツィア艦隊《かんたい》の到着《とうちゃく》である。

艦隊は全艦、第3戦速に入り、戦いの火蓋《ひぶた》を切った。

戦艦の主砲、3連射。

対ネウロイ用の焼夷弾《しょういだん》が着弾し、破片《はへん》が飛び散る。

さらに徹甲弾《てっこうだん》の斉射《せいしゃ》。

「何だ！」

高度を下げて雲海から出る二式大艇の窓から、坂本と芳佳は海上を見下ろした。

「すごい……」

爆煙に包まれるネウロイを見て、芳佳は圧倒《あっとう》される。

だが。

「駄目《だめ》だ……。あの武装では、大型ネウロイは落とせない！」

坂本は失望を隠《かく》せなかった。

「え？」

「目標が大きいから一見、当たってはいるが、コアに届いていない」

これは魔眼で確認《かくにん》するまでもない。

坂本の経験が事実を語らせる。

その言葉を裏付けるように、ネウロイは艦隊に目標を変え、反撃に出た。

表面が輝《かがや》き、ビームが発射され、まずは駆逐艦《くちくかん》の一隻《せき》を貫《つらぬ》く。

「ああっ！」

「駆逐艦がやられた！　ロマーニャのウィッチはまだか!?」

坂本は、無線機前に座る土方を振り返る。

「少佐《しょうさ》！　ロマーニャ第1航空団に出撃を要請《ようせい》しましたが、航続距離《こうぞくきょより》不足との回答です！」

「航続距離不足だと！」

唖然《あぜん》とする坂本。

坂本にしてみれば、そんなもの、飛んでみないことには分からんだろうという感覚だが、戦《せん》闘《とう》不能の状態のウィッチを送り込んでやたら犠牲《ぎせい》を増やせないという、ロマーニャ軍上層部の判断も至極《しごく》、尤《もつと》もである。

「ああっ！　また船がっ！」

炎上中《えんじよう》の駆逐艦を、さらにビームが襲《おそ》う。

「回避《かいひ》が遅過《おそ》ぎる！　あれでは的だ！」

「直近の504航空団は、先日のネウロイとの戦闘で戦闘力を喪失《そうしつ》しており、30分以内に到着可能なウィッチ隊はありません！」

さらに絶望的な報告を続ける土方。

「30分だと⁉　このままでは3分で全滅《ぜんめつ》だ！」

「全滅……」

坂本の言葉に、芳佳は戦慄《せんりつ》する。

ビシュッ！

駆逐艦を屠《ほふ》ったネウロイのビームは、さらに戦艦に襲いかかった。

このままでは確かに全滅だ。

「……出るぞ！」

坂本は土方に告げた。

「えっ！」

芳佳は耳を疑う。

「了解！」

土方はすぐさま整備兵に命じた。

「出撃準備！」

「紫電《しでん》53型、いつでもいけます！」

応じる整備兵。

「駄目です！　やめてください！」

芳佳は坂本の前に立ちふさがる。

「退《ど》け、宮藤！」

「退きません！　坂本さんはシールドが張れないんですよ！　お願いです、飛ばないでくださ
い！」

「……前にも、こんな風にお前に止められたことがあったな」

坂本は芳佳を見つめた。

「安心しろ、宮藤。私はこんなところで命を落とす気はない」

「でも……」

「確かに、二十歳《はたち》になって、シールドはもう使えなくなった。だが、私には新型ユニットの紫
電改と、こいつがある！」

背にした軍刀にチラリと目をやる坂本。

「一度お前に救われた命だ、そう簡単に捨てたりはしない。安心しろ、宮藤。私は戦える」

「だったら、お願いがあります！」

坂本の決意を感じ取った芳佳は、これだけは譲《ゆず》らないというように告げる。

「私も……一緒《いっしょ》に戦います！」

「ふっ、ふふっ、はっはっはっはっは！　……よし！」

（こいつは変わらないな。だから、私は未来を託《たく》せるんだ）

坂本は呵呵大笑《かかたいしょう》し、芳佳に命じた。

「行くぞ、宮藤！」

「はい！」


「宮藤、お前が先行してネウロイをヴェネツィア艦隊《かんたい》から引き離《はな》せ」

発進ユニットに飛び乗り、ストライカーを装着する芳佳に、坂本は指示を出す。

「了解《りょうかい》！」

「その後方から、私がコアを叩《たた》く！」

飛び出す尻尾《しっぽ》と犬耳。

二式大艇後方上部のハッチが開き、発進ユニットが迫《せ》り出す。

「飛べ、宮藤！」

「行きます！」

芳佳は飛び立った。

ネウロイのビームが芳佳を掠《かす》め、発進ユニットを破壊《はかい》する。

「くっ！」

体勢を立て直し、二式大艇に追いつく芳佳は、ハッチから黒煙《こくえん》が上がっているのを見る。

「坂本さん⁉」

「やられたのは発進ユニットだけだ！　前を見ろ！　次が来るぞ！」

前方の大型ネウロイの表面が光を帯びた。

「！」

芳佳は手を伸《の》ばし、二式大艇の前方にシールドを張った。

円形の光の盾《たて》が、ネウロイのビームを弾《はじ》く。

「すごい！」

息を呑《の》む操縦士。

「何て巨大《きょだい》なシールドだ！」

土方も叫《さけ》ぶ。

「これが宮藤の力だ！」

坂本は誇《ほこ》らしさを隠《かく》し切れない。

だが。

「少佐《しょうさ》！　魔導加給機が損傷！　紫電改、飛行不能！」

発進準備をしていた整備兵が報告する。

「何だとっ！」

大空でネウロイと対峙《たいじ》するのは芳佳のみ。

坂本は凍《こお》りついた。

＊　＊　＊

その頃《ころ》。

少し離れた海岸近くの空では。

「ご飯っ、ご飯っ！」

「補給っ、補給っ」

ルッキーニとシャーリーが呑気《のんき》に飛んでいた。

「扶桑のご飯っ」

「ほかほかご飯っ」

「ご飯にタコのカルパッチョ」

「うえ～っ。タコはカンベンしてくれよ」

代わりばんこに歌っていたルッキーニとシャーリーだが、タコが出てくるとシャーリーが顔をしかめた。

「え～、タコ美味《おい》しいのに、タコ」

「あんなうにょうにょ～ってしているの、よく食べられるな」

「うにょうにょ～として、ぺたぺた～ってくっつくのがいいのに」

「い～っ！」

触手《しよくしゆ》が自分の身体《からだ》をいやらしげに這《は》い回り、吸盤《きゆうばん》が肌《はだ》に張りつき、さらには口から体内に侵《しん》入《にゆう》して胃の中でうねるところまで想像し、シャーリーは寒けを覚える。

「……そこだけは、よくわかんないなあ」

そこに。

『周辺の全部隊に告げる。こちら、ヴェネツィア第1戦艦《せんかん》隊。現在ネウロイと交戦中、至急応《おう》援《えん》願いたし。場所は……』

インカムに通信が入った。

「聞いたか!?　急ぐぞ、ルッキーニ！」

「らじゃ～」

二人は一気に加速した。

＊　＊　＊

一方、二式大艇の中では。

「危険です、少佐！　今は自重して、紫電改の修理を待つべきです！」

機体前部上方のハッチから外に出ようとする坂本を、必死に土方が止めていた。

「その修理を待っている間に、どれだけの人間が傷つくと思う!?」

そう怒鳴《どな》りつけてから、坂本は自嘲《じちょう》する。

「ふっ、どうやら宮藤の病気が移ってしまったようだ」

その芳佳はと言うと……。

「私が引きつけている間に逃《に》げてください！」

ネウロイの攻撃《こうげき》に晒《さら》されているヴェネツィア艦隊旗艦のブリッジと交信中だった。

『馬鹿《ばか》な！　君ひとりを残してはいけん！』

と、強硬《きょうこう》に抗弁《こうべん》する旗艦の艦長。

だが、インカムにまた別の声が入ってくる。

艦長に話しかける航海長の声だ。

『艦長、我々に反撃の手段はもう残っていません』

『……わかった。我々は足手まといなのだな。全艦16点回頭、全速退避《たいひ》！』

艦長はようやく決断を下した。

「よかった」

回頭を始める艦隊を見て、ホッとする芳佳。

だが、ネウロイのビームは容赦《ようしゃ》なく艦に降り注ぐ。

「うっ！」

芳佳は巨大《きょだい》なシールドを張って艦隊を守る。

「は、早く離《はな》れて！」

さすがに、これだけのシールドを保つとなると、魔法《まほう》力の限界に近い。

芳佳の顔が苦痛に歪《ゆが》んだ、その時。

「！」

上空を二式大艇の影《かげ》が過《よ》ぎった。

「さ、坂本さん！」

芳佳は、自分の目にしたものが信じられなかった。

「土方、このまま突《つ》っ込め！」

ハッチから二式の上に出た坂本は、機首近くに立ってマントを脱《ぬ》ぎ捨てた。

「了解《りょうかい》！」

坂本が大胆不敵《だいたんふてき》なことは重々承知の土方だが、今回は彼の想像の遥《はる》かに上を行く行為《こうい》。

それでも従うのは、絶対の信頼《しんらい》をこの上官に置いているからだ。

太股《ふともも》顕《あら》わな水上用制服をまとう坂本の頭とお尻《しり》に、獰猛《どうもう》なドーベルマンの耳と尻尾《しっぽ》が現れた。

と、同時に二式はネウロイに向かって急降下を始める。

「危ないっ！」

思わず叫《さけ》ぶ芳佳。

「てやあああああああああああっ！」

坂本は抜刀《ばっとう》しつつ、機首から飛び下りた。

「坂本さん！」

「必殺！」

坂本は大きく振《ふ》りかぶる。

「烈《れつ》！」

眼帯が風圧で吹《ふ》き飛び、魔眼が輝《かがや》く。

「風《ぷう》！」

ネウロイは剣気《けんき》に反応するかのように、坂本に向かってビームを放つ。

だが。

「斬《ざん》！」

刀身がネウロイのビームを真っ二つに斬《き》り裂《さ》いた！

「うおおりゃあああああああっ！」

坂本はそのまま、身体《からだ》を矢のようにしてネウロイを貫《つらぬ》いた。

ネウロイは砕《くだ》け、崩壊《ほうかい》してゆく。

「坂本さ〜ん！」

落下してゆく坂本を、芳佳は慌《あわ》てて追った。

「くっ！」

急降下をかけ、海面ギリギリのところで何とか拾い上げることに成功する。

「済まんな、宮藤、紫電改《しでんかい》が故障してな。来るのが遅《おく》れた」

と、坂本。

「だからって、無茶し過ぎです！」

怒る芳佳に、坂本は手にした軍刀を差し出す。

「どうだ？　言った通りだろう？　シールドなど無くても私は戦える。この烈風丸《れっぷうまる》があればな！」

「凄《すご》い……本当に……坂本さんは凄い人だ」

呆《あき》れ、ほっとし、最後には微笑《ほほえ》む芳佳。

「ところで宮藤、烈風丸って名前、どう思う？　一晩中考えたんだがなあ」

センスという点ではまったく自信のない坂本は、少しばかりドキドキしながら宮藤に感想を求める。

「えっ？　か、かっこいいと思いますよ……」

他《ほか》に答えようのない芳佳。

よく言えば、結構微妙《びみょう》な。

悪く言えば、アレな感じだが。

「そうか！　かっこいいか！　よ〜し！　あっはっはっはっはっ！」

坂本は豪快《ごうかい》に笑った。

＊　＊　＊

「シャーリー、あれ！」

崩壊してゆくネウロイの様子を、接近しつつあったルッキーニたちも目にしていた。

「うん。ネウロイの破片《はへん》だな」

と、シャーリー。

「きっとヴェネツィア艦隊がやっつけたんだよ、やるじゃ〜ん」

ルッキーニははしゃいでクルクルと回る。

「ん〜、でもネウロイの気配がまだあるんだよなあ……」

「じゃあ、まだ他にいるの？」

訝《いぶか》しげなシャーリーを見て、ルッキーニは回るのを止《や》めた。

＊　＊　＊

さて、着水した二式大艇の主翼《しゅよく》の上では。

「お見事です、少佐《しょうさ》。紫電改を出すまでもありませんでしたね」

と、替《か》えのマントと眼帯を差し出しながら、土方が上官を労《ねぎら》っていた。

しかし。

「……手応《てごた》えが無さ過ぎる」

マントを羽織りながら、坂本は浮《う》かない顔を見せる。

「はっ？」

そう指摘《してき》されると土方も、そんな気になる。

「坂本さんが強くなったからそう感じるんですよ」

とは、楽観的な芳佳。

「だといいんだが……」

納得《なっとく》しがたいと言いたげな表情の坂本だったが……。

「さ、坂本さん！」

海上に目をやった芳佳が緊張《きんちょう》した声を発し、坂本の注意を引いた。

「なっ！」

見ると、先ほどまで海に降り注いでいた破片が浮き上がり、空中の一点に集まり始めているのだ。

「なっ！　ネウロイが再生している!?」

魔眼《まがん》を発動させた坂本は、自分の目を疑った。

「……馬鹿《ばか》な！　コアが生きている！」

「行きます！」

飛び立つ芳佳。

「宮藤！　コアは再生中の先端《せんたん》だ！　ぶっ壊《こわ》してとどめを刺《さ》せ！」

「はい！」

芳佳は機関銃《きかんじゅう》を構え、ネウロイに向かって突進《とっしん》してゆく。

ダダダダッ！

ネウロイ先端部に、銃弾《じゅうだん》を浴びせる芳佳。

だが、ネウロイの再生は止まらない。

「何っ！　そうか、そういう理屈《りくつ》か……」

魔眼でこの様子を見ていた坂本はつぶやく。

コアは、ネウロイの内部を、まるで射線を避《さ》けるように移動しているのだ。

「宮藤、そいつのコアは移動している！　今は右端《みぎはし》だ！　逃《のが》すな！」

「えっ！　……は、はい！」

芳佳は戸惑《とまど》いながらも命令に従うが、コアは芳佳の放った銃弾を避け続ける。

まるでこちらの攻撃《こうげき》を読んでいるかのように、スレスレに。

剣術でいう、見切りだ。

「くそっ！　弾《たま》をかわしている！　しかもこの異常な再生速度、まずいぞ……」

坂本は芳佳に告げる。

「宮藤、弾着の直前にコアが移動している。同時多重攻撃を仕掛《しか》けるしかない！」

「ど～じたじゅ～？」

とっさにどんな字を書くか思い浮かばない芳佳。

「お前ひとりでは無理だ！　待ってろ、私も行く！」

要はそういうことである。

坂本はハッチから、機内の整備兵を見る。

「紫電改《しでんかい》はどうだ!?」

「あと5分で何とか！」

と、必死の整備兵。

「飛べさえすればいい！　3分で仕上げろ！」

そんなやり取りの間に、ネウロイはほぼ元の大きさにまで再生し、二式に向かってビームを放つ。

「坂本さん！」

回り込んだ芳佳がシールドを展開するが、ビームに圧《お》され、ジリジリ後退する。

「ううっ！」

「いかん！　宮藤の魔法力《まほう》が限界だ！」

厳しい顔になる坂本。

しかし。

「このまま守っているだけじゃ、も、持たない……！」

以前の芳佳ならとっくに退く姿勢に入っているところだが、今の芳佳は違《ちが》った。

逆にビームを避け、弾《はじ》きつつネウロイの真上に出ると、急降下をかける。

「宮藤！」

坂本は呆気《あっけ》に取られた。

「無理だ、宮藤！」

「見えた！」

トリガーを絞《しぼ》る芳佳。

だが、ほんのわずかのところで、コアが着弾をかわす。

尚《なお》も射撃《しゃげき》を続ける芳佳を、逆にビームが襲《おそ》った。

ビームがシールドを直撃し、一瞬《いっしゅん》、芳佳は体勢を崩《くず》しかける。

「待って!」

それでも、芳佳は諦《あきら》めずにコアを追う。

「宮藤! 後ろだ!」

と、坂本。

「!」

辛《かろ》うじてシールドを張るが、弾かれたのは芳佳の方。

凄《すさ》まじい衝撃《しょうげき》に、芳佳の意識は半ば飛んだ状態になる。

「宮藤ーっ!」

錐揉《きりも》み状態で落下してゆく芳佳。

(……あれ、海が上?)

海面が回転しながら、だんだん近づいてくる。

「シールド、張らなきゃ……」

ぼんやりした頭で考える芳佳の目に、何か、キラリと光るものが映った。

「え？」

ドギュンッ！

高熱エネルギーの一弾がネウロイに命中し、貫《つらぬ》いた。

「えっ⁉」

海面スレスレのところで止まり、芳佳は銃弾《じゅうだん》が飛んできた方向を見る。

「まさか⁉」

坂本も振《ふ》り返った。

「やっほ〜っ！」

急接近してくるのはシャーリーとルッキーニ。

さっきの一撃は、もちろんルッキーニだ。

「シャーリーさん！」

シャーリーは安心させるように軽く視線を交《か》わすとそのまま、ネウロイに突進《とっしん》する。

「ちゃお〜、宮藤！」

ルッキーニは芳佳の許《もと》に留《とど》まり、ニコニコ笑う。

「ルッキーニちゃん！」

「見た見た？　今の、全部命中したでしょ？」

と、会話を交わす二人の間にネウロイのビームが。

「うわっ！」

どうやら、旧交を温めるには相応《ふさわ》しい場所ではないようだ。

二人はそのまま上昇《じょうしょう》した。

一方。

「なんだ、このネウロイ!?　めちゃくちゃ堅《かた》いぞ！」

いくら銃弾を叩《たた》き込んでも落ちようとしないネウロイに、シャーリーは歯噛《はが》みしていた。

「シャーリーさん、ルッキーニちゃん、どうしてここに!?」

ルッキーニとともにシャーリーに合流した芳佳は、二人の顔を見る。

「聞きたいのはこっちだよ！」

ヴェネツィア艦隊《かんたい》の救援要請《きゅうえんようせい》で、こちらに転進して飛んできたシャーリーである。

扶桑からのご飯、もとい、宮藤たちは輸送機とともに真っ直《す》ぐに合流地点に向かったはず。

戦場での再会になるとは、思ってもいなかったのだ。

「ていうか、そんなヒマなささそ！」

ルッキーニはそう言うと、一同は再び散開する。

「えーっ！　さっきの効いてないの？」

ネウロイがまた再生したのを見て、唇《くちびる》を尖《とが》らせるルッキーニ。

「再生速度が速いの！」

「火力が足りないか！」

と、シャーリーが眉《まゆ》をひそめたその時。

ドウッ！

ネウロイに着弾し、破片《はへん》が大きく飛び散った。

この破壊《はかい》力は……。

「対装甲《そうこう》ライフルだ〜！」

「てことは!?」

笑顔《えがお》になるルッキーニとシャーリー。

もちろん。

こちらに向かって飛んでくるのは、リーネとペリーヌである。

「芳佳ちゃん！」

「リーネちゃ〜ん！」

手をつなぎ合ってクルクル回る二人。

「無事だったんだ、良かった！」

「うん！　ガリアから今着いたの！」

「感慨《かんがい》に浸《ひた》っている場合ではありませんわよ！」

と、横槍《よこやり》を入れるのは、もちろんペリーヌ。

「ペリーヌさん！」

芳佳を見るペリーヌの目は、ほんの少しだが嬉《うれ》しそうだ。

そして。

ギュ～ン！

ドゥ！

さらにネウロイの表面で爆発《ばくはつ》。

「ロケット弾!?」

ペリーヌは、よく手入れされた金髪《きんぱつ》を乱す爆風に息を呑《の》んだ。

「見て！」

リーネが指さした先には……。

「エイラさん！　サーニャちゃん！」

芳佳は思わず声を上げる。

「きたきた～！」

いつもより多めに回転して、喜びを表すルッキーニ。

「じゃあ、私が先に行くから」

「……うん」

あらゆる攻撃《こうげき》を避《よ》けられるエイラが突撃《とつげき》をかけ、サーニャのロケット弾《だん》が援護《えんご》する。

無敵の攻撃パターンである。

「あいつら……!」

胸が躍《おど》るのを抑《おさ》えられない坂本は、振《ふ》り返って整備兵を急《せ》かした。

「修理まだか!」

「あと1分!」

さらに。

「敵ネウロイはコア移動タイプ。再生速度は従来型の2倍を超《こ》えるわ」

ミーナ、ハルトマン、バルクホルンのカールスラント三人組も、ごく間近に迫《せま》っていた。

「再生速度よりも早くつぶせばいいだけじゃん」

「まったく、せっかくのクリスとの休暇《きゅうか》がふいになった」

さすがのWエースは余裕《よゆう》の表情。

「あなたが一番に来るって言ったのよ」

ミーナはクスリと笑い、バルクホルンに指摘《してき》する。

「なっ!」

「先に行くよ〜」

「ま、待て!」

速度を上げるハルトマンをバルクホルンが追った。

「来たか！」

ミーナたちの到着《とうちゃく》に真っ先に気がついたのは坂本だった。

「三人だ！」

と、シャーリー。

「ミーナ隊長！　バルクホルンさん！　ハルトマンさん！」

これで、501全員集合。

芳佳も顔を輝《かがや》かせる。

「左右に」

「了解《りょうかい》！」

ミーナの指示でWエースが展開する。

「ミーナ、総攻撃だ！」

と、二式大艇の上から坂本。

「分かっているわ、少佐《しょうさ》。今より総攻撃をしかけます。フォーメーション・カエサル！」

「了解！」

坂本を除く全員が、隊列に加わる。

そして……。

「少佐！　紫電改《しでんかい》、行けます！」

土方が叫《さけ》んだ。

「了解！」

待ちに待った瞬間《しゅんかん》である。

坂本は新型ストライカーを装着した。

「出力、異常なし！」

整備兵が報告する。

「坂本美緒……出る！」

坂本の身体《からだ》は、一気に大空に舞《ま》い上がった。

「攻撃開始！」

ミーナの命令と同時に、全員の波状攻撃が始まった。

到底《とうてい》、再生が追いつかない速度で、ネウロイの表面が削《けず》られてゆく。

「コアが出た！」

と、芳佳。

「任せろ！」

坂本の声が、全員の耳に届く。

「坂本さん！」

「少佐！」

ブリタニアを去る時に、坂本の車椅子《くるまいす》を押した二人、芳佳とペリーヌが同時に叫んだ。

上昇《じょうしょう》してくる坂本に、ネウロイのビームが集中する。

「美緒！」

ミーナの声が緊張《きんちょう》を帯びる。

「手出し無用！」

散々待たされたのだ。

ここで決めなければ気が済まない。

坂本はすべてのビームを見切ってネウロイに迫った。

「何だ、あの機動は!?」

バルクホルンは目を見張る。

「攻撃を全部避けてるぞ！」

シャーリーも信じられないといった顔。

「エイラみたい……」

と、つぶやくサーニャに。

「無理だ！　当たるぞ！」

「少佐～っ！」

ハラハラするエイラと、見てはいられないペリーヌ。

「斬《き》り裂《さ》け、烈風丸《れっぷうまる》！」

坂本は正眼に構え、ビームを斬り裂いた。

「今度こそ逃《のが》さん！　受けてみよ、烈風斬《れっぷうざん》！」

高速移動するコアが、真っ二つになる。

パーン！

ネウロイは砕《くだ》け散った。

「すげ～、一撃《いちげき》だよ！」

目を丸くするシャーリー。

「やった～！」

ルッキーニはバンザイする。

「ああ、少佐～、さすがですわ～」

さっきまで、ない胸が心配で張り裂けそうだったペリーヌなどは、もう蕩《とろ》けるような表情だ。

「ネウロイのビームを斬るなんて初めて見た……」

あらゆる理屈《りくつ》を通り越《こ》した光景に、バルクホルンは絶句。

「やろうとした人がいないんじゃない？」

自分のことを棚《たな》に上げ、ハルトマンは変人扱《あつか》いする。

桜吹雪《さくらふぶき》のように散るネウロイの破片《はへん》を背景に、坂本は納刀すると、呵呵大笑《かかたいしょう》した。

「はっはっはっはっはっは！　ウィッチに不可能はない！」

＊　＊　＊

新たな５０１基地となる場所に二式大艇が着けると、芳佳の許《もと》にリーネが駆《か》け寄ってきた。

「芳佳ちゃん！」

「リーネちゃん、無事でよかった！」

「うん！　芳佳ちゃん、来てくれたんだ！」

二人は抱き合って喜ぶ。

「まさか、宮藤が来るとはなあ」

夕暮れの中、二人を見守るシャーリーも、微笑《ほほえ》みを浮《う》かべた。

軍を去ったと聞いていたので、よもや再会できるとは思っていなかったのだ。

芳佳とも、芳佳の作るご飯とも。

「シャーリーさんたちはアフリカのはずじゃ？」

そんなシャーリーを横目で見るペリーヌ。

「ロマーニャが心配で脱走《だっそう》してきた！」

あっさりと、とんでもないことを言いだすシャーリー。

「えっと、私たちはスオムスに行くはずがさ、ちょっと列車に乗り間違《まちが》えてアドリア海に出ちゃって……」

エイラも相変わらず、言い訳が下手である。

「占《うらな》いでこっちが危ないって出たから、エイラが……」

その隣《となり》では、サーニャがみんなに実情をバラす。

一方。

「凄《すご》い刀ね」

坂本の前に立ったミーナは、坂本の軍刀を見て言った。

「烈風丸だ。わたしが一鎚一鎚《いっついいっつい》、魔法力《まほうりょく》を込《こ》めて打った刀だ。刀身に術式が練り込んであり、謂《い》わば刀自体が強力なシールドになっている」

「それにしても無茶し過ぎじゃない？」

「私は飛びたいんだ。あいつのように」

坂本はチラリと芳佳に目をやる。

「やっぱり、降りるつもりはないのね？」

ミーナの口から、ため息が漏《も》れる。

「ああ」

「……了解《りょうかい》」

それ以上の会話は不要だった。

「では、連合軍総司令部からの命令を伝えます」

少しして。

全員を集合させたミーナは、書類を手に告げた。

「旧501メンバーは原隊に復帰後、アドリア海にてロマーニャへ侵攻《しんこう》する新型ネウロイを迎《げい》撃《げき》、これを撃滅《げきめつ》せよ。なお、必要な機材、物資は追って送るが、それまでは現地司令官と協議の上、調達すべし」

「あはあはは、さすがに手際《てぎわ》がいいな」

書類を覗《のぞ》き込み、破顔する坂本。

「ガランド少将のお墨《すみ》付きよ」

ミーナは笑みを返す。

「無理矢理貰《もら》って来たんだよ～」

「人聞きが悪いぞ、ハルトマン。過程はどうあれ、命令は命令だ」

茶化すハルトマンを、澄《す》ました顔でバルクホルンが諫《いさ》める。

「……ねえねえ、リーネちゃん、つまりどういうこと？」

今のミーナの説明では、さっぱり要領を得ないといった顔でリーネの袖《そで》を引っ張る芳佳。

「えっと……？」

と、リーネも困った顔。

「私、ミーナ・ヴィルケ中佐《ちゅうさ》以下。坂本美緒少佐、ゲルトルート・バルクホルン大尉《たいい》、シャーロット・イェーガー大尉、エーリカ・ハルトマン中尉、サーニャ・リトヴャク中尉、ペリーヌ・クロステルマン中尉、エイラ・イルマタル・ユーティライネン中尉、フランチェスカ・ルッキーニ少尉、リネット・ビショップ曹長《そうちょう》、宮藤芳佳軍曹……」

ひとつ、息をついてミーナは宣言した。

「ここに、第５０１統合戦闘《せんとう》航空団、ストライクウィッチーズを再結成します！」

「了解！」

つまりは、そういうことである。

第四章
CHAPTER 4

STRIKE WITCHES 2
Shimada Humikane & Projekt Kagonish

守りたいもの
――または、ルッキーニのスパイ大作戦

さて、ストライクウィッチーズ再結成の翌日のこと。

「梅干?」

新５０１基地で扶桑からの補給物資の荷下ろしが始まると、続々と倉庫に運び込まれる木箱を見たミーナは絶句した。

「はっ！　少佐がお好きなようなので」

敬礼しながら答えたのは、荷下ろしの指揮をする土方。

「…………これ、全部が梅干」

こめかみに指を当てるミーナ。

全部で１ｔはあろうかという量だ。

「土方！　梅干だけでどうする!?」

坂本は腕組《うでぐ》みをして叱咤《しった》する。

（そ、そうよね。さすがの美緒も、これじゃおかしいと思うわよね）

ちょっとホッとするミーナ。

「握《にぎ》り飯《めし》には、お茶が要《い》るだろうが！」

「……」

ミーナは崩《くず》れ落ちた。

「はっ！　直ちに二式大艇で扶桑に戻《もど》り、玉露《ぎょくろ》を調達して参ります！」

敬礼する土方。

「愚《おろ》か者め！　梅干には番茶だ！」

「はっ！」

「……土方さん、だったわね？　ちょっとこっちに」

ミーナは少し離《はな》れたところに土方を呼び寄せた。

「補給で扶桑に戻るのなら、坂本少佐のリクエストは、一から十まで無視するようにして。決して！　海苔《のり》や佃煮《つくだに》を100kg単位で載《の》せたりしないで」

「海苔も……ですか？」

土方の顔に残念さが滲《にじ》む。

「タタミイワシはどうしましょう？」

「……」

この士官にしてこの従兵あり、である。

「ともかく、これは上官命令。分かったわね？」

「はっ！」

土方は敬礼した。

「坂本少佐」

土方が二式に向かうと、ミーナは次に坂本を呼び寄せる。

「あなたは５０４基地への支援《しえん》物資の輸送をお願い」

（このまま、引っ掻《か》き回されては堪《たま》らないもの）

取《あ》り敢えず、補給関係の現場から坂本には遠ざかってもらうことにする。

「そうか……醇子にもあっておきたいからな」

快諾《かいだく》する坂本。

だが、それでも不安なミーナは芳佳に声をかけた。

「宮藤さん、少佐を手伝ってあげて」

「はい」

整備兵たちにお握りの差し入れをしていた芳佳は、トコトコとやってきて頷《うなず》く。

「……くれぐれも、お願いね」

ミーナはさらに念押しした。

＊　＊　＊

翌日。

504統合戦闘《せんとう》航空団の基地では、扶桑からの物資の引き渡《わた》しが何とか無事に行われた。

「扶桑からの物資、助かったわ。ありがとう」

ストライカーユニットの受け取り書類にサインをしながら、竹井醇子は旧友の坂本に言った。

「報告書は読んだ。あの内容、事実なのか？」

坂本は、人型ネウロイとのコンタクトが失敗に終わった件について、竹井に質問する。

今回のネウロイの攻勢《こうせい》は、あの時から始まったのだ。

「あの時、私たちはネウロイと接触《せっしょく》できると思ってた……」

多くの部下を失った竹井はため息をつく。

「でも結局、私たちは分かり合えはしなかった。ネウロイはより一層凶暴《きょうぼう》になって現れたの。気をつけて、美緒」

「次に会う時は、平和な世界で会いたいものだな、醇子」

坂本は微笑《ほほえ》むと、荷物の運び込みを手伝っている芳佳に声をかけた。

「帰るぞ、宮藤！」

「はい！」

芳佳は答えると、坂本のところに駆《か》け寄った。

＊　＊　＊

「ネウロイと接触した？」

揺《ゆ》れる車内。

助手席の芳佳は目を丸くした。

帰りのトラックの中での坂本との話題は、５０４航空団が壊滅《かいめつ》的な被害《ひがい》を受けた作戦についてだった。

「正確には、接触しようとしたが、失敗した、だ」

ハンドルを握る坂本は訂正《ていせい》する。

「接触の寸前に新たにネウロイが現れ、人型になっていたネウロイを焼き尽《つ》くした」

「ネウロイがネウロイを？　どうしてですか？」

「分からん」

そうとしか答えようがない。

「分かっているのは、あの作戦で無事だったのは、竹井大尉《たいい》を含《ふく》め、僅《わず》かに数名ということだけだ」

「えっ！」

「504航空団は現在再編制中だが、ウィッチを集めるには時間がかかる。その間にもネウロイは、ヴェネツィアからロマーニャに南下してきている。地上戦力が抵抗《ていこう》しているが、ネウロイが本格的に襲撃《しゅうげき》してきた時、対抗できるのは我々ストライクウィッチーズだけだ」

「……坂本さん、私、戦います！」

芳佳の表情が、ピリッと締《し》まったものになった。

「戦って、このロマーニャを守ります！」

「よく言った宮藤！　さっそく帰って訓練だ！」

「はい！」

と、芳佳はこの時、元気に答えたのだが……。

＊　＊　＊

翌日。

「ふ、ふえ〜っ！」

基地近くの空き地で行われた訓練で、芳佳は坂本の期待の10分の1もこなさないうちに音を上げていた。

同じく訓練に参加したリーネとペリーヌも、地面にひっくり返ってハアハア言っている。

「明らかに体力不足ね」

この様子を、坂本、バルクホルンと一緒《いっしょ》に見ていたミーナが眉《まゆ》をひそめた。

「あの三人はブリタニアの戦いの後、軍から離《はな》れていたからな。実質、半年以上のブランクだ」

と、坂本。

「午前中の飛行訓練でも、あの三人は問題が多かったぞ！」

バルクホルンも厳しい顔で続ける。

「少佐《しょうさ》、今のままじゃ実戦に出すのは危険だぞ？」

「そうだな……」

坂本は、へばる芳佳たちの前に立つと竹刀《しない》を突《つ》きつけ、宣言した。

「起きろ、三人とも！　宮藤、リーネ、ペリーヌ！　お前たちは基礎《きそ》からやり直しだ！」

＊　＊　＊

坂本の命令で、芳佳、リーネ、ペリーヌは、とある訓練施設《しせつ》に強制的に送られることになった。

意気消沈気味《いきしょうちん》の三人は、ストライカーで指定された場所へ向かう。

「本当にここが、訓練所なんですか？」

あたりをキョロキョロと見渡《みわた》し、リーネが尋《たず》ねる。

三人が降下したのは、海から突き出た岬《みさき》の先。

橋を渡ったところにある、小さな島の一軒家《いっけんや》だった。

「少佐に頂いた地図だと、ここで間違《まちが》いありませんわ」

ペリーヌが地上スレスレでホバリングしながら断言する。

「でも、誰《だれ》もいないよ」

そう呟《つぶや》きながら小屋を観察する芳佳の頭上を、影《かげ》が過《よ》ぎった。

「芳佳ちゃん、上」

リーネが注意を促《うなが》す。

「うあああああっ！」

ぐわ～ん！

落ちてきた何かから、間一髪《かんいっぱつ》身をかわす三人。

「ネウロイ!?」

振《ふ》り向き様《ざま》、ペリーヌは軽機関銃《けいきかんじゅう》を構える。

だが。

「誰がネウロイだい!?」

と、ペリーヌに突っ込んだのは、ドでかいタライ。

……ではなく、タライを吊《つ》り下げた箒《ほうき》にまたがる老婆《ろうば》だった。

「挨拶《あいさつ》もなしにうちの庭に入るなんて、近頃《ちかごろ》の若い子は躾《しつけ》がなってないね」

老婆は意地悪そうに言う。

「こ、こんにちは」

遅《おく》ればせながら頭を下げる芳佳。

「もしかして、アンナ・フェラーラさんですか？」

リーネが尋ねた。

「そうだよ」

老婆は億劫《おっくう》そうに箒の上から答える。

「あの、私たち、坂本少佐の命令でここに訓練に来たんです！　ここで合格貰《もら》うまでは絶対帰るなと言われました！」

と、芳佳。

「……はあ」

アンナは心底嫌《いや》そうな顔をすると、三人に命じた。

「とりあえず、その脚《あし》に履《は》いてるもん、脱《ぬ》ぎな！」

「……バケツ？」

アンナに手渡《てわた》されたものを見つめ、芳佳は首を傾《かし》げた。

「じゃあまず、あんたたちには今晩の料理とお風呂《ふろ》のために、水を汲《く》んできてもらおうかね」

納屋《なや》にストライカーを置いたところで、アンナは告げる。

「水汲みですか？」

これまたバケツを持たされたリーネ。

「えっと？」

芳佳は井戸《いど》を探すが、小屋のそばにそれらしきものは見当たらない。

「井戸ならあそこだよ」

アンナが指さしたのは、島から橋を渡り、その先にある岬の、そのまた先にある丘陵《きゅうりょう》を上った、そのまたまた先に小さく見える井戸だった。

「ええっ！　あんな遠く！」

信じられないといった顔のペリーヌ。

「ここは海の上だからね。水が出るのはあそこだけさ」

「あんなところから、水を……」

お嬢様《じょうさま》のリーネには信じられない。

「うわあ……」

芳佳も脱力《だつりょく》する。

「あっ！　でもストライカーを使えば！」

「そっか！」

「そうですわ、ストライカーで飛んでいけばあっという間ですわ」

納屋に置いたストライカーのところへ行こうとする三人の前に、アンナが立ちふさがった。

「誰がそんなのを使っていいって言ったんだい？」

「えっ？」

三人の顔が強《こわ》ばる。

「ほら、これを使うんだよ！」

「って、まさか！」

思わずメガネのレンズを拭《ふ》こうかと思うペリーヌ。

「ホ、ホウキ!?」

アンナが三人に差し出したのは、古い、ただの箒だった。


という訳で。

「行きます！」

三人は古来よりの飛行法に、今さらながら挑戦《ちょうせん》することとなった。

「うっ！　い、痛い……」

「く、食い込む……」

「あ、ぐぐっ……！」

バケツを提げた箒にまたがった芳佳たちは、聞きようによっては周囲が赤面しそうな台詞《せりふ》を口にする。

魔法力《まほう》を注ぎ込まれた箒は、重力に逆らい、浮《う》き上がろうとするのだが、上手《うま》くバランスを保てないので傾《かたむ》き、お尻《しり》が滑《すべ》るのだ。

落ちないように脚の筋肉に力を入れると、大切な部分に余計に力が加わり、摩擦《まさつ》が起きる。

だからといって力を抜《ぬ》くと、身体《からだ》が回転し、バランスの関係で頭が箒の下になる。

「ああああっ！」

「きゃあああっ！」

「くううっ！」

「いつまで地面をウロウロしてるんだい？　さっさと飛ばないと、晩ご飯に間に合わないよ！」

アンナがパンッと手を叩《たた》く。

「きゃあああ！」

最初に堕《お》ち……いや、落ちたのはリーネだった。

「わあああああっ！」

芳佳はグルグル回る箒にしがみつき、耐《た》えるのに必死だ。

「きゃっ！　はっ！　わっ！」

白い柔《やわ》らかな太股《ふともも》で、きゅっと太い箒を締《し》めつけるペリーヌ。

「まったく、情けないい。これで魔女とは、片腹痛いね。あんたは無駄《むだ》にでっかいものをつけてるから、バランス取れないんだよ！」

アンナは尻餅《しりもち》をついているリーネに近づくと、はち切れそうなその胸をむんずとつかんだ。

「きゃあああ！」

弾力《だんりょく》のある球体を乱暴に扱《あつか》われて、リーネは悲鳴を上げる。

確かに。

リーネは芳佳と比べ、かなり重心が上の方にありそうだ。

「……いつまで回ってるんだい？」

アンナは次に、芳佳の前に来る。

「ホ、ホウキに聞いてくださ～い！」

まるで落語である。

とうとう箒が芳佳を嫌って、地面に振《ふ》り落とした。

「あ」

ひとりだけ、兎《と》にも角《かく》にも宙に浮き上がり、じっと静止しているのはペリーヌだった。

一方。

「ほう、やるねえ」

「こ、これくらいウィッチとして当然……くっ！　楽勝ですわ……」

ペリーヌは強がるものの、ここにその名称《めいしょう》を記すことが難しい部分が痛い。

というか、疼《うず》く。

「そうかいそうかい」

アンナは箒の後ろの穂《ほ》の部分に触《ふ》れると、おもむろに押し上げた。

ズズズッ！

「ああっ！　ううっ！　ひいいいっ！」

嬌声《きょうせい》と聞き紛《まご》うばかりの悲鳴を上げるペリーヌ。

薄布《うすぬの》一枚に隔《へだ》てられた、ぷっくらとした柔らかな部分を、硬《かた》いものが苛《さいな》む。

「す、擦《こす》れるぅ～っ！」

ペリーヌ、陥落《かんらく》。

とうとう三人全員が落下して、恨《うら》めしそうにアンナを見上げた。

「……あんたたちには、永遠に合格をやれそうにないねえ」

「そんな！」

アンナの言葉に、泣きそうになるリーネ。

「くっ！」

プライドを大いに傷つけられたペリーヌは、箒を投げ捨てる。

「今どきウィッチの修行《しゅぎょう》に箒だなんて、時代遅《おく》れにもほどがありますわ！　やってられませんん！」

「おや、もう音を上げたのかい？」

「ペリーヌさん……」

何とかリーネが宥《なだ》めようとする。

「アンナさん」

芳佳は老婆《ろうば》に尋《たず》ねた。

「ん？」

「あの、私も知りたいです。こんな修行で本当に強くなれるんですか？」

「……あんた、強くなりたいんかい？」

「はい！」

強い意志の宿る瞳《ひとみ》が、アンナに向けられる。

「私、強くなって、ネウロイからこの世界を守りたいんです！　困っている人たちを助けたいんです！」

「何故《なぜ》だい？」

「芳佳ちゃん」

「……」

リーネもペリーヌも、想《おも》いは同じである。

「ふむ」

アンナはタライを引っ掛《か》けた箒にヒョイとまたがった。

「……見ておいで」

老魔女は宙に浮《う》き上がり、そのままどこかへ飛んでゆく。

「アンナさん！」

「行っちゃった……」

「ふん！　もう戻《もど》ってこなくて結構ですわ！」

と、三人。

しかし。

「！」

少しして、タライをぶら下げた箒が再び見えてきた。

「きゃああ！」

ペリーヌは降りてくるタライを避《よ》けようとする。

「わあ、こんなにいっぱい！」

目の前に着地したタライがなみなみと水を湛《たた》えているのを見て、芳佳は声を上げた。

「こ、これを一人で？」

「すごいです！」

ペリーヌとリーネも驚《おどろ》く。

しかし。

「でも、これでほんとに強くなれるんですか？」

芳佳はまだ納得《なっとく》がいかない。

「信じられないかい？　けどね、あんたたちの教官だって、ここで訓練して一人前の魔女《まじょ》になったんだよ」

箒《ほうき》から下りたアンナは言った。

「え、教官って……」

「坂本少佐《しょうさ》が？」

と、リーネとペリーヌ。

「ああ、あの子は素直《すなお》でねえ。最初っからあたしのことを尊敬して一生懸命《けんめい》練習したもんさ。

お蔭《かげ》で、見事な魔女に成長したって訳だ」

「坂本さんもこの訓練を……」

芳佳はようやく信じ始める。

「あ、あの……」

ちょっとモジモジしながら、ペリーヌが質問した。

「何だい？」

「さ、坂本少佐が使われていた箒はどれでしょうか？」

「さっきあんたが投げたやつだよ」

「あ、あれがあああ〜っ！」

転がっていた箒を抱き上げ、ペリーヌは舐《な》めそうな勢いで薄《うす》い胸に押しつける。

「これが少佐のお使いになった箒ぃ〜っ！」

「なんだいありゃ？」

「……」

リーネはアンナがペロッと舌を出したのを目にしたが、平和のために何も言わないことにした。

＊　＊　＊

翌日。

「も〜、つまんな〜い！」

期待していたホカホカご飯が出てこなかったので、ルッキーニはご機嫌斜《きげんなな》めだった。

おまけに、お菓子《かし》たっぷりのティータイムもなし。

芳佳とリーネのいない501基地の食堂で提供されるのは、缶詰《かんづめ》のスパムと茹《ゆ》でたジャガイモだけだった。

「扶桑のご飯、どこ行ったの〜⁉」

ナイフとフォークを手に、ルッキーニは訴《うった》える。

「うう、ご飯〜」

ハルトマンも、不満顔である。

「お前たち、食い物のことで文句を言うなど、軍人にあるまじき行為《こうい》だな」

とは、黙々《もくもく》とイモを頬張《ほおば》るバルクホルン。

「そだ！　偵察《ていさつ》行こうよ！　芳佳がいつ頃戻《ごろもど》ってこられるのか⁉」

突然《とつぜん》、ルッキーニは立ち上がって提案する。

「やめとけよ、ミーナに怒られるぞ」

ガムを噛《か》みながら釘《くぎ》を刺《さ》すシャーリー。

「ぶ～」

唇《くちびる》を尖《とが》らせたルッキーニは、一旦《いったん》は大人しく座り直す。

だが。

行くなとルッキーニに命じることは、行けと煽《あお》ることと同じだった。

「……きししし」

坂本が渡《わた》した地図をこっそり盗《ぬす》み見して、訓練所の場所は分かっている。

みんなが食事の片付けをしているうちに、ルッキーニはこっそり食堂を抜《ぬ》け出してハンガーに向かった。

＊　＊　＊

この日も朝から特訓が続いていた。

箒に乗って飛ぶ。

昔のウィッチなら誰《だれ》でもできたことが、芳佳たちにはできなかった。

三人とも、本来ならとっても大事にしなくてはいけない場所が擦れ、風が当たっただけで飛び上がるほどに真っ赤に腫《は》れていた。

「あんたたち三人とも、魔法力《まほう》は足りてんだ。足りないのはコントロール。今までは機械がしてくれたものを、自分でコントロールしなきゃダメなんだよ」

アンナは芳佳がまたがる箒の柄《え》をぐいっと持ち上げる。

「うっ、い、痛いです、アンナさん！」

涙目《なみだめ》の芳佳。

「痛いのは箒《ほうき》に体重がかかってるからだよ。……あんたも！」

お次はリーネの箒。

「ん！　ああっ！」

「あんたもだよ！」

「ひいいいいいいいっ！」

何度も硬《かた》く太い柄で敏感《びんかん》な秘所を擦《こす》ったもので、痛みとはまた違《ちが》った感覚が生まれ始めるペリーヌ。

「いいかい、あんたたちはストライカーユニットって機械にずっと頼《たよ》ってた。まず、それを忘れて箒と一体化するんだ」

「箒と一体化……？」

と、繰《く》り返す芳佳。

「箒に乗ろうと思うんじゃなく、箒を身体《からだ》の一部だと感じるんだよ！」

「身体の一部……」

リーネは、自分が周囲の自然に溶《と》け込んでゆくような感覚を覚える。

「そして、自分の脚《あし》で一歩踏《ふ》み出す。そんなイメージで魔法力を籠《こ》めるんだ。ちゃんとした魔女なら簡単なことさ」

「自分の脚……」

ペリーヌは、心を凪《な》ぎの海のように落ち着けた。

三人の足元に魔法陣《じん》が生まれ、大地から魔法力を吸い上げるように身体の中心が力に満ちてゆく。

「一歩前へ……」

芳佳は不意に、身体の中を血潮とともに流れる力を感じ取った。

「……あ、あああああっ！　と、飛べた！」

「私も飛べた！」

「と、飛びましたわ！」

芳佳たちの箒が、フワリと空へ舞《ま》い上がる。

小屋の屋根が足元に。

緑の庭。

橋。

岬《みさき》とどこまでも広がる海。

同じ風景なのに、ストライカーで飛んで見ているのとはまったく別のもののようだ。

風が、光が、音が、世界を形作っているのがはっきりと分かる。

「すごい、すごいよ、リーネちゃん！　ペリーヌさん！　ほんとに箒で飛べた！」

「うん！」

「と、当然ですわ！」

ペリーヌでさえ、そう言いながら、感動を隠《かく》せない。

「何だか、ストライカーで飛ぶ時の風と違うような気がする。……気持ちい～っ！」

「うん、気持ちいい～！」

「で、でもまだ……ちょっと擦れて」

二人ははしゃぐが、あの痛痒《つうよう》感がなくなってしまうのも少し寂《さび》しく感じるペリーヌ。

「いつまで遊んでるんだい？」

いつの間にか、アンナも箒に乗って飛んでいた。

「さっさと水汲《みずく》みに行きな。日が暮れちまうよ」

「言われなくても行きますわ！」

「行ってきま～す！」

芳佳たちはバケツとともに、井戸《いど》に向かって飛んでいった。

＊　＊　＊

「ニンニニ～ン！」

三人が出発し、十分ほど経《た》った頃《ころ》。

小屋の上空にルッキーニが現れた。

「と～ちゃ～っく！」

裏口のそばに着地。

まるでスパイ映画のように壁《かべ》にへばりつき、窓を覗《のぞ》く。

「ご飯とケーキとぺたんこはどこかな～」

芳佳とリーネとペリーヌのことである。

「……いない」

もちろん、小屋の中に連中の姿はない。

「ん～？」

ルッキーニは窓から小屋に入り、洋服棚《だな》、椅子《いす》の下、桶《おけ》の中まで捜《さが》し回る。

と、そこに。

「あの連中を待っていたら、ほんとに日が暮れるねえ」

アンナが三人を置いて、一足先に戻《もど》ってきた。

「ひいいいいっ！　知らない人が来た〜！」

とっさにテーブルの下に潜《もぐ》るルッキーニ。

「……おや？」

アンナは庭に脱《ぬ》ぎ捨てられているストライカーユニットに気がつく。

だが。

「ふむ」

そ知らぬ顔で、アンナは小屋に入った。

「さてと、あの連中がノロノロ運んでくる間に、ちゃっちゃと料理の下準備でもしとくかね」

箒から下りたアンナは腰《こし》をこぶしでトントンと叩《たた》く。

「…………」

じ〜っと息を凝《こ》らすルッキーニ。

「おかしいねえ、さっきより散らかってるねえ」

アンナはルッキーニに聞こえるように、大声で独り言を口にする。

ルッキーニは真っ青になり、冷や汗《あせ》をにじませた。

「もしかすると、ネズミかねえ？」

「ちゅ、ちゅ～ちゅ～」

ネズミの鳴き声を真似《まね》るルッキーニ。

「猫《ねこ》かも知れないねえ」

「にゃ、にゃ～」

「それとも、ウサギが迷い込んだのかも？」

「ぴょんぴょん……って、ウサギの鳴き声なんて知らないよ！」

ルッキーニは思わずテーブルの下から飛び出した。

「…………………………あ」

「誰《だれ》だい？」

「！」

アンナは逃《に》げようとするルッキーニの前で扉《とびら》を閉める。

「ふぎゃっ！」

扉に鼻をぶつけたルッキーニは、目を回してひっくり返った。


「……ほえ？」

気がつくと、ルッキーニは縛《しば》り上げられていた。

「正直にお言い。誰だい？」

アンナはルッキーニの顔を覗き込んだ。

「スパイは口を割らないんだよ」

「マタハリ気取りかい？」

アンナは箒の柄《え》でルッキーニの制服下を引っ掛《か》けると、軽々と持ち上げた。

「や～っ！」

半分お尻《しり》を出して、宙吊《ちゅうづ》りになるルッキーニ。

「このままエトナ山の火口に放《ほう》り込んでやろうかねえ」

窓を開け、アンナはルッキーニを放り出す振《ふ》りをする。

「白状するよ！　ルッキーニだよ！」

あっさり。

「……口の軽いマタハリがあったもんだよ」

アンナは呆《あき》れ、ルッキーニを地面に下ろして縄《なわ》を解《ほど》いた。

「あの連中はしばらく戻らないよ」

ルッキーニがここにやってきた理由を説明すると、アンナは言った。

「え～！」

「こいつで水汲《みずく》みに行ったのさ」

アンナは箒をルッキーニの鼻先に突《つ》きつける。

「これで？」

ルッキーニは、差し出された箒にひょいとまたがった。

ペリーヌと違《ちが》い、痛みに悶《もだ》えることはない。

それどころか、この狭《せま》い部屋の中をスイスイと見事に飛んでみせる。

「ほう」

アンナはちょっとルッキーニに興味を覚えたのか、庭に連れ出す。

「この周りを、８の字に飛んでごらん」

アンナは１ｍほどの間隔《かんかく》で、二本の棒を立てた。

「こ〜？」

ルッキーニはこれを軽々とこなす。

「もっと速く！」

「こ〜？」

「もっと！」

「ニッキニ〜ン！」

ほぼストライカーでの実戦のスピード。

だが、ルッキーニは棒にかすりさえもしないで８の字飛行を続ける。

「……もういいよ」

「これ、面白《おもしろ》い！」

ルッキーニは箒から下りると、キラキラと瞳《ひとみ》を輝《かがや》かせた。

「こいつは天性のものだね」

アンナは呟《つぶや》く。

「あんたのとこの隊長はミーナだろう？　ミーナはあんたになんて教えてる？」

「んとね、ミーナは時々ガツンってやるけど、普段《ふだん》は好きにしていいって言ってるよ」

「さすがはミーナだね。美緒じゃこうはいかない」

アンナは逆さにした桶《おけ》の上に、よっこらしょと座った。

「美緒？　少佐《しょうさ》のこと？」

ルッキーニも真似《まね》をして桶の上に座ろうとするが、逆さまにするのを忘れたのでお尻がズボッとはまってしまう。

「や〜っ！」

「……そう、少佐だってねえ。あのべそっかきが、偉《えら》くなったもんだ」

昔を思い出したアンナの顔が綻《ほころ》ぶ。

「べそっかき？」

ようやく桶からお尻を抜《ぬ》いたルッキーニ。

「……いいこと教えてやろう」

アンナは声をひそめた。

「坂本少佐が初めてここに来た時、あの洟垂《はなた》れ娘《むすめ》、ピ～ピ～泣いて大変だったんだよ」

「へ～」

「あんたはそのまま、才能をお伸《の》ばし。そうすれば……」

「そうすれば？」

アンナはロマーニャの救世主と言おうとして、いくらなんでも大袈裟《おおげさ》だと思い直す。

「いつか、あたしみたいになれるかもね」

「しわくちゃに？」

がごっ！

箒《ほうき》の柄《え》が、ルッキーニの頭を直撃《ちょくげき》した。

「さあ、お帰り」

アンナはお尻の土を払《はら》いながら立ち上がった。

「どうせ、無断で基地を抜け出してきたんだろ？」

「そだよ」

「早く帰らないと、ミーナにガツンだよ」

とたんに焦《あせ》った顔になるルッキーニ。

「帰る！　チャオ、おばあちゃん！」

ルッキーニはストライカーをさっさと履《は》くと、アンナに手を振って空に舞《ま》い上がった。

＊　＊　＊

結局、三人が戻《もど》ってきたのは夕方になってからだった。

バケツの水はこぼれ、お風呂《ふろ》と食事に何とか足りる程度しかなかったが。


「水たまりみたいだね」

行水程度のお湯のバスタブの中で、芳佳は一緒《いっしょ》に入っているリーネに言った。

「私たちが運んできた水が少なかったんだよ」

「そっか。明日はいっぱいになるまで頑張《がんば》んなきゃ」

「そうだね」

「ペリーヌさん、入んないの？」

芳佳はタオルを巻いて夜空を見つめているペリーヌに聞いた。

「も、もちろん入りますわ！」

恐《おそ》る恐る、スラリとした脚《あし》でバスタブをまたぎ、お尻《しり》をつけたその瞬間《しゅんかん》。

ちゃぽん。

「ひぃっ！」

ペリーヌはカエル並みの飛翔《ひしょう》力で飛び上がった。

「し、沁《し》みるぅ〜！」

小振《こぶ》りでプリプリのお尻は真っ赤っか。

入るのを躊躇《ためら》っていたはずである。

「……まあ、根性《こんじょう》があるだけ、よしとするかね」

居間でこの悲鳴を耳にしたアンナは、小さく欠伸《あくび》をすると寝室《しんしつ》に向かった。

アンナが芳佳たちを合格させたのは、翌日の夜のこと。

さらにその翌日の朝には、元気に５０１基地へと戻っていった。

＊　＊　＊

「あ〜、ご飯！　帰ってきた〜っ！」

「ルッキーニちゃん、ただい……きゃあああああ！」

久し振りに芳佳の姿を見たルッキーニが真っ先にしたのは、芳佳の残念な胸を揉《も》むことであったことは、言うまでもない。

第五章
CHAPTER 5

STRIKE WITCHES 2
Shimada Humikane & Projekt Kagonish

もっと力を
——または、新兵器とバルクホルンの反省

早朝のハンガーを、轟音《ごうおん》が揺《ゆ》るがしていた。

いつものように、シャーリーが愛機の魔導エンジンをテストしているのだ。

芳佳などはこの時間にハンガーに来ただけで目を回しそうになるが、整備兵たちは慣れたもので、みな黙々《もくもく》と自分の作業を続けている。

「よしよし、今日も絶好調だなあ、あたしのマーリンエンジンは」

今回は魔法《まほう》力のマッピングのバランスがよかったのか、回転数の上昇《じょうしょう》もスムーズ。

条件が整えば、最高速度の更新《こうしん》も夢ではない。

そんなことを考えながら、下着姿のシャーリーがニコニコ顔でエンジンの回転数を落としたところに。

「シャーロット・イェーガー大尉《たいい》！　そんな格好で何をやっている!?」

バルクホルンの怒声《どせい》が聞こえてきた。

もしかすると、だいぶ前から喚《わめ》いていたのかも知れないが、エンジン音が響《ひび》く中では聞こえない。

「何って？　エンジンテストだけど？」

振《ふ》り返ったシャーリーは、見て分からないのか、という顔をする。

「そうじゃない！　なんだ、その格好は！　今は戦闘《せんとう》待機中だぞ！　ネウロイが来たらどうするつもりだ!?」

「だって、ハンガーの中でエンジン回すと暑いじゃないか。ほら、あっちでも」

シャーリーが指さしたのは、天井《てんじょう》の梁《はり》の上。

「あぢ～」

ルッキーニが自分の秘密基地で、半裸《はんら》になって寝《ね》そべっている。

「まったく、お前たちはいつもいつも……」

しかめっ面《つら》を見せるバルクホルン。

「バルクホルンこそ、そんな格好で暑くないのか？」

こいつ、前世は寮長《りょうちょう》か憲兵だな。

シャーリーは密《ひそ》かに思う。

「暑い、暑くないは関係ない」

実はじっとりと全身に汗《あせ》をかいているバルクホルンだが、顔では涼《すず》しさを装《よそお》う。

「規則を守れと言っているんだ。これだからリベリアンは……」

普段《ふだん》に増してガミガミ煩《うるさ》いのは、下着が濡《ぬ》れていることと決して無縁《むえん》ではないだろう。

「へ～、カールスラント軍人は規則に厳しいってか？　どうなんだ、ハルトマン？」

シャーリーはこちらにやってくるハルトマンに、バルクホルンの肩越《かたご》しに声をかけた。

「あっつ～」

バテバテのハルトマンは、放《ほう》っておけば最後の一枚まで脱《ぬ》ぎ捨てそうな勢いだ。

ルッキーニにも増してだらしない格好。

このまま基地の外を歩いたら、警官にたぶん捕《つか》まる。

「ハルトマン、お前まで！　く～っ！　それでもカールスラント軍人か⁉」

「え、そうだけど？」

そうじゃなかったら何なのさ、とハルトマンは首を傾《かし》げる。

「く～っ！」

「あっははは！」

まったく示しがつかない。

「待て、貴様！　今日という今日は！」

ふらふら徘徊《はいかい》を続けるハルトマンの後を、バルクホルンは追った。

「ほう、これがカールスラントの最新型か？」

ハンガーの別の区画では、ミーナと坂本が届いたばかりの新型ストライカーを前にしていた。

「正確には試作機ね。Ｍｅ２６２Ｖ１。ジェットストライカーよ」

仕様書を見ながら、ミーナが説明する。

「ジェット？」

と、ひょっこり顔を出したのは、さっきまで徘徊していたハルトマンだった。

「ハ、ハルトマン大尉！」

男性誌の表紙を飾《かざ》ってもおかしくない姿に、目を丸くするミーナ。

「どうしたんだ、その格好は？」

一応、坂本も苦言を呈《てい》するが、大して問題視していないようだ。

さすがは、制服下紛失《ふんしつ》事件の際、ズボンがないと飛べませんと言ったウィッチたちに、『空では誰《だれ》も見ていない』という名言を吐《は》いた猛者《もさ》だけのことはある。

そこに。

「こら、ハルトマン！　服を着ろ、服を！　……ん？　何だ、これは？」

ハルトマンを追ってきたバルクホルンが、新型に目を留めた。

「ジェットストライカーだって」

さっき聞いたばかりの言葉を繰《く》り返すハルトマン。

「ジェット？　研究中だったあれか？」

「今朝、ノイエ・カールスラントから届いたの。エンジン出力はレシプロ・ストライカーの数倍、最高速度は時速９５０㎞以上、とあるわ」

仕様書に目を通しながら、ミーナが補足説明する。

「９５０！　すごいじゃないか！　へ〜っ！」

どこから現れたのか、シャーリーもやってきて、ジェットストライカーを舐《な》めるように愛撫《あいぶ》する。

もちろん、速さに目のないシャーリーのこと。

ジェット開発の噂《うわさ》は、耳にしたことがあった。

だが、本物を見るのは、というか、触《さわ》るのは初めてだ。

「レシプロ・ストライカーに取って代わる新世代の技術ね」

カールスラントの技術力を誇《ほこ》らしく思うミーナ。

「……シャーリー、お前もなんて格好だ」

一応、上官として注意する坂本だが、バルクホルンほどは口煩《くちうるさ》くない。

まるで新しいおもちゃを貰《もら》った子供のような顔を見せるシャーリーとバルクホルンだが、そのうち、どちらがこれを使うかで揉《も》め始める。

「何を言っている！　カールスラント製のこの機体は、私が履《は》くべきだ！」

「国なんか関係ないだろ！　９５０㎞だぞ！　超高速の世界を知ってるあたしが履くべきだ！」

「お前の頭の中は、スピードのことしかないのか!?」

この二人、理由が何であってもしょっちゅう角を突《つ》き合わせているが、今回はさらにヒートアップする。

「また始まったわ」

「しょうのない奴《やつ》らだ」

呆《あき》れるミーナと坂本。

だが。

「いっちばゃ〜ん！」

シャーリーとバルクホルンがやり合っているうちに、ルッキーニがぴょんと飛び出してきてジェットストライカーに足を滑《すべ》り込ませる。

「あっ！　おいっ！」

「こら、ずるいぞルッキーニ！」

「へへ〜ん、早いもん勝ちだも〜ん！」

ルッキーニは魔法力《まほう》を流し込み、ストライカーを始動した。

今まで聞いたことのないジェットの異質な爆音《ばくおん》が、空気を揺《ゆ》るがす。

キュウウウウウウウウウウ〜ッ！

ゴオオオッ！

「うひゅ〜っ！」

得意満面のルッキーニ。

だが、その一瞬後。

「んにゃ？」

バチ！

バチバチバチバチッ！

「ぴぎゃっ！」

ルッキーニは突然《とつぜん》、髪《かみ》を逆立てて、ストライカーを脱《ぬ》ぎ捨てると、ぶるぶる怯《おび》えてシャーリーの発進ユニットの陰《かげ》に隠《かく》れた。

「ルッキーニ⁉」

駆《か》け寄って、顔を覗《のぞ》き込むシャーリー。

「どうしたんだよ？」

「……な、なんかビビビーッてきた」

震《ふる》えるルッキーニは、上手《うま》く説明できない。

「ビビビ……？」

「アレ、嫌《きら》い。シャーリー、履かないで……」

ルッキーニは必死に訴《うった》える。

「…………」

付き合いの長いシャーリーは、ルッキーニの動物的な本能が何かを告げようとしていることを悟《さと》った。

「やっぱ、あたしはパスするよ」

シャーリーは立ち上がって、バルクホルンに告げる。

「何？」

意外そうな顔のバルクホルン。

「考えたら、まだレシプロでやり残したこともあるしな……。ジェットを履くのは、それからでも遅《おそ》くはないさ」

「ふ、怖気《おじけ》づいたな。まあ、見ていろ、私が履く」

バルクホルンはジェットストライカーを装着し、再びエンジンを始動させる。

キュウウウウウウンッ！

（ふむ。特に変なところはないぞ）

ハンガー全体を揺るがすほどの出力は安定していて、今にも飛び立てそうだ。

（行ける！　文句のない感触《かんしょく》だ！）

雄叫《おたけ》びを上げたくなるほどの高揚感《こうようかん》。

「……凄《すご》い」

エンジンを回し続けながら、バルクホルンはひたすら、ジェットストライカーに魅了《みりょう》されてゆくのであった。

＊　＊　＊

「成績は上々。いや、それ以上だ」

午後遅く。

坂本はジェットストライカーのテスト結果をミーナに報告していた。

「上昇力と搭載量《とうさい》では、完全にシャーリー機を凌駕《りょうが》した」

バルクホルンはシャーリーのP—51と比較《ひかく》テストを行ったのだが、結果はあのシャーリーの完敗である。

「レシプロ・ストライカーは消えゆく運命なのかしらね？」

技術開発部に送る詳細《しょうさい》なデータの報告書を受け取るミーナ。

「どうかな？」

坂本は窓の外に目をやった。

ちょうど、宿舎に戻《もど》ってゆくバルクホルンの様子が見える。

まるで、徹夜《てつや》明けのような顔。

頬《ほお》が少しこけ、目の下にはクマができている。

「かなり疲《つか》れているようね」

ミーナは眉《まゆ》をひそめた。

「宮藤さんの話だと、夕食に手もつけなかったそうだし」

「ジェットの投入が、戦局を大いに変えることは間違《まちが》いないだろうが……」

呟《つぶや》くように言う坂本。

「様子を見ましょう」

ミーナはとんとんと書類を揃《そろ》えながら、もう少しテストを続けることにした。

＊　＊　＊

二人の不安は翌日、現実のものとなった。

テスト中、バルクホルンは突如《とつじょ》、意識を失って墜落《ついらく》したのだ。

「……どうした、みんな？　私の顔に何かついているのか？」

気がつくと、病室のベッドの上だった。

バルクホルンは、自分を心配そうに見つめる面々を見渡《みわた》した。

「バルクホルンさん、よかった～」

安堵《あんど》のため息をついたのは芳佳。

「トゥルーデ、海に落っこったんだよ」

ハルトマンが状況《じょうきょう》を説明する。

「私が？　……落ちただと!?」

「魔法力《まほう》を完全に使い果たして気を失ったのよ。覚えてないの？」

ミーナが医師の検査結果を告げた。

「馬鹿《ばか》な!?　私がそんな初歩的なミスを犯《おか》すはずはない！」

だが、飛んでいる途中《とちゅう》からの記憶《きおく》がない。

先行するシャーリーを追い抜《ぬ》いて、それから……。

「大尉《たいい》のせいじゃない。おそらく問題はあのジェットストライカーにある」

「はっきりとは分からないけど、魔法力を著《いちじる》しく消耗《しょうもう》させてるんじゃないかと思うの」

坂本とミーナが、慰《なぐさ》めるように言う。

「試作機に問題はつき物だ。あのストライカーは素晴《すば》らしい。早く実戦化するために、まだまだテストを続けなければ……」

起き上がろうとするバルクホルン。

「駄目《だめ》よ」

ミーナがそっと手を握《にぎ》った。

「あなたの身を危険に晒《さら》す訳にはいきません。……バルクホルン大尉、あなたには当分の間、飛行停止の上、自室待機を命じます」

「ミーナ！」

「これは命令です」

友人の命と新兵器開発を天秤《てんびん》にかけるつもりなど、ミーナには毛頭ない。

「…………了解《りょうかい》」

まだ立つこともできないバルクホルンは渋々《しぶしぶ》、了承するしかなかった。

＊　＊　＊

要は、自分がジェットを使えるほどには強くなかったということだ。

そう結論づけたバルクホルンは、休養中にも拘《かかわ》らず筋力トレーニングに励《はげ》んでいた。

シャーリーたちには止められたが、あれはやっかみ。

そうだとしか、今のバルクホルンには思えなかった。

魅《み》せられていたのだ、新技術のジェットに。

(危険だと？　戦場に身を置きながら、危険とは片腹痛いぞ、シャーリー！)

バルクホルンは懸垂《けんすい》を止《や》め、息を整える。

さっき、ネウロイ来襲《らいしゅう》の警報が出て、シャーリーたちは出撃《しゅつげき》した。

自室待機を命じられたバルクホルンには、当然のことながら出撃命令はない。

(ジェットさえ使えれば……)

窓から外を見て、ぼんやりと考えていると、インカムから戦闘《せんとう》の状況が聞こえてきた。

インカムは、気《き》を利かせたハルトマンがこっそりと渡《わた》してくれたものだ。

(……苦戦か？)

どうやら今度のネウロイは、分裂《ぶんれつ》する高速タイプのようだ。

『こちら坂本。シャーリーが苦戦しているようだが、こちらも手が足りない。至急増援《ぞうえん》を頼《たの》む！』

(何をやってる、シャーリー！)

バルクホルンは踵《きびす》を返し、扉《とびら》に向かった。

(増援!?　宮藤やリーネの足では間に合うものか！)

「トゥルーデ！」

バルクホルンはジェットストライカーを履《は》き、50㎜砲《ほう》をつかんで滑走路《かっそうろ》から飛び立っていた。

これを見たミーナは、マイクに怒鳴《どな》る。

『済まん、ミーナ！　罰《ばつ》は後で受ける！　今は！』

信じられないスピードで上昇《じょうしょう》しながら、バルクホルンは答える。

「……5分よ！　あなたが飛べる時間は」

司令室のミーナは、即座《そくざ》に決断を下した。

『5分で充分《じゅうぶん》！』

ジェットストライカーは、蒼《あお》い空に吸い込まれるように消えていった。

＊　　＊　　＊

『という訳で、シャーリーもバルクホルンも無事だ』

きっかり5分後。

連絡《れんらく》してきたのは坂本だった。

ネウロイは撃墜《げきつい》。

味方に被害《ひがい》はない。

「そう、よかったわ」

ミーナは胸《むね》を撫《な》で下ろす。

『ああっと、だがな、ミーナ……』

「回収、よろしく」

ジェットストライカーの命運については、言わずもがな、であった。

＊　＊　＊

「寝《ね》ている間に、いったい何があったんだ？」

「……バラバラ」

夕暮れ時のハンガー。

他の隊員と睡眠《すいみん》のサイクルが違《ちが》うエイラとサーニャは、残骸《ざんがい》と化したジェットストライカーを見て、首を捻《ひね》っていた。

ネウロイを撃墜したバルクホルンは案の定、魔法《まほう》力切れで意識を失い、ジェットは非常時の緊急排除装置《きんきゅうはいじょ》が働いて、脱落《だつらく》。

そのまま海面に落下したのだ。

「まったく、人騒《ひとさわ》がせなストライカーでしたわね」

とは、ペリーヌ。

「ええ、それと使う人間もね」

ミーナはチラリと後ろを見る。

「……」

そこには、山となったジャガイモの皮をしょんぼりとナイフでむく、バルクホルンの姿があった。

「おかげでネウロイを倒《たお》せたんだ、大目に見てくれよ」

「規則は規則です！」

シャーリーが宥《なだ》めるが、ミーナは却下《きやっか》。

ジャガイモの皮むきなど、懲罰《ちょうばつ》としてはかなり軽い方だが、普段《ふだん》、規律規律と煩《うるさ》いバルクホルンにとっては結構キツいお仕置きになっているようだ。

「ん……しかし、バルクホルンが命令違反《いはん》なんて初めてじゃないか？」

と、坂本が面白《おもしろ》がっているところに。

「みなさん、どうもお騒《さわ》がせしました」

ハルトマンがやってきて、一同に頭を下げた。

「何故《なぜ》お前が謝る？」

「ハルトマンのせいじゃないだろ？」

坂本とシャーリーは訝《いぶか》しがる。

同郷で仲がいいのはみんな知っているが、普段のハルトマンなら面白がって、真っ先にバルクホルンをからかっているはずなのだ。

「あ、いえ。私は」

「みなさん、お腹空《なかす》いてませんか？　おイモがいっぱい届いてたから、さっそくいろいろ作ってみましたよ～」

ハルトマンが何か言おうとしたところに、芳佳が食事を運んできた。

ジャガイモは、先ほど到着《とうちゃく》したノイエ・カールスラントからの輸送機が運んできたものだ。

「はい、ハルトマンさんもどうぞ」

芳佳はハルトマンにフライドポテトを差し出した。

「……いただきます」

何時《いっ》になくお淑《しと》やかなハルトマン。

「あれ、ハルトマンさん、メガネなんか、かけてましたっけ？」

芳佳はふと気づいて尋《たず》ねる。

「はい。ずっと……」

と、ハルトマンが頷《うなず》いたところに。

「わあ、おいしそ～！」

フライドポテトに、ヒョイと誰《だれ》かの手が伸《の》びた。

「あ、こっちのハルトマンさんもどうぞ……ええっ！」

芳佳はもうひとりのハルトマンにもポテトを差し出して、目を丸くした。

同じ顔が二つ。

ハルトマンが二人。

坂本とミーナ、それにバルクホルン以外は飛び上がるほど驚《おどろ》く。

「……お久し振《ぶ》りです、姉さま」

「あれ、ウルスラ～！」

二人のハルトマンは挨拶《あいさつ》を交《か》わした。

「姉さま⁉」

一同は絶句する。

「こちらはウルスラ・ハルトマン中尉《ちゅうい》。エーリカ・ハルトマン中尉の双子《ふたご》の妹よ」

ミーナがお淑やかな方をみんなに紹介《しょうかい》する。

「妹⁉」

どうしてズボラな方が姉なんだ～っ！

全員が心の中で突《つ》っ込む。

「彼女はジェットストライカーの開発スタッフのひとりなの」

「へ～」

　としか、一同は言いようがない。

「バルクホルン大尉、この度《たび》はご迷惑《めいわく》をかけて申し訳ありませんでした」

　ウルスラ・知的な方・ハルトマンはバルクホルンの前に出る。

「どうやら、ジェットストライカーには、魔法力《まほう》の供給バランスに致命的《ちめいてき》な欠陥《けっかん》があったようです」

「まあ、試作機にトラブルはつき物だ。それより、壊《こわ》して済まなかったな」

「いえ、大尉がご無事で何よりでした。この子は本国に持って帰ります」

　ウルスラは愛《いと》おしそうに、ジェットストライカーの残骸《ざんがい》をこの子と呼んだ。

「そのためにわざわざ来たのか？」

　いよいよ、こっちの方が姉っぽいな。

　シャーリーはそう思いながら尋ねた。

「ええ。代わりと言ってはなんですが、お騒がせしたお詫《わ》びにジャガイモを置いていきます」

「ま、またこんなに……」

　顔を強《こわ》ばらせるペリーヌ。

　あって困るものではない、というレベルを超《こ》えた量だった。

＊　＊　＊

深夜。

シャーリーはイモの皮向きを続けるバルクホルンのところにやってきて、声をかけた。

「よ」

「あとどのくらい残ってるんだ？」

「あれだけだ」

バルクホルンはナイフの先端《せんたん》で後ろの木箱を指す。

「大変だな」

シャーリーはバルクホルンの隣《となり》に座り、ナイフを取り出して皮むきを手伝い始める。

「よせ」

「いいじゃないか。どうせ半分はあたしが食べるんだし」

「これは私の懲罰《ちょうばつ》だ。甘んじて受ける」

「堅《かた》いこと言うなって」

皮むきを続けるシャーリー。

手際《てぎわ》はこちらの方がいい。

二人は黙々《もくもく》と作業を続ける。

「……ごめんな」

一ダースもむき終えた頃《ころ》、シャーリーはポツリと言った。

「?」

「最初にルッキーニが異変を感じた時に、お前を止めるべきだったんだ。そうしていれば……」

「……」

「……私が決めて、私が乗った。それだけのことだ」

バルクホルンはナイフを動かし続けながら頭を振《ふ》る。

「それに、カールスラント技術陣《じん》の失敗の責任は、カールスラント軍人が背負うべきだろう。……ただ」

「ただ?」

「お前やハルトマンだったら、もっとうまくやれたかも知れない。そう考えると、あの機体が可哀想《かわいそう》に思えるんだ」

これを聞いて、微笑《ほほえ》むシャーリー。

「お前さんのそういうとこ、嫌《きら》いじゃないよ」

「な、何を言い出す！　っていうか、シャツをはだけるな！　ボタンを上まで留めろ、ボタンを！」

バルクホルンは顔を真っ赤にすると、ナイフを畳《たた》んで立ち上がった。

「よし！　皮むきは休憩《きゅうけい》だ！　これから体力作りに入る！」

「……はあ？」

シャーリーは一瞬《いっしゅん》、耳を疑う。

「考えてもみろ。私がジェットに負けたのは、基礎《きそ》体力の不足によるものだ」

「いや、それは違《ちが》うだろ⁉　全然違うだろ⁉　お前、少しは経験から学べって！」

という突《つ》っ込みは、バルクホルンには聞こえない。

「だから、これからは一層の体力強化に取り組むことにする！　まずは腹筋1000回3セットに、10㎞持久走、それに……」

指折り数えて特訓プログラムを考えながら、倉庫に向かうバルクホルン。

「お〜い！　言っとくが、洗濯《せんたく》は手伝ってやらないからな！　この、汗《あせ》っかき！」

シャーリーは苦笑《くしょう》しながら、その背中に声をかける。

「誰《だれ》が汗っかきだ！」

……今度は聞こえたようだった。

＊　＊　＊

「それは私のフライドポテトだ」

「リベリオンの食べ物は要《い》らない、とか言ってなかったか？」

あれから数日もしないうちに。

バルクホルンとシャーリーは、いつも通りにやり合っていた。

それも、イモを取ったの、取らないのといったくだらないことで。

「今は体力回復のため、エネルギー補給が最優先だ」

「素直《すなお》に美味《うま》いって言えよ！」

「まあまあだな！」

「もう！　たくさん作ったのに、なんで取り合いになるんですか～！」

食事当番の芳佳は呆《あき》れ果てる。

「い～の、い～の、二人はアレで。放《ほ》っときなって」

と、生温かい目で見つめるハルトマン。

「い～！」

言いたいことが言える、気心が知れた仲間を得るのは難しい。

シャーリーとバルクホルンはお互《たが》いにとって、そんな存在……らしかった。

第六章 CHAPTER 6

ロマーニャの休日
——または、ミーナの憂鬱

非常事態は突然《とつぜん》に訪《おとず》れる。

「あれ、お米がない？」

キッチンで朝ご飯を作ろうとしていた芳佳は、米袋《ぶくろ》が空であることに気がついた。

「え〜、まだどこからも補給来てないよ」

と、リーネも困った顔。

そう。

補給の遅《おく》れで、食料が尽《つ》きたのだ。

あれほどあったジャガイモも、バルクホルンとシャーリーによって、ほぼ食い尽くされていた。

「坂本さ〜ん！　ご飯なくなっちゃいました〜！」

芳佳たちは、ちょうど外の廊下《ろうか》を歩いていた坂本に訴《うった》える。

「一挙に全員集まるとは思わなかったからなあ……。それは困った」

土方を乗せた二式大艇《てい》が、扶桑からの補給とともに戻《もど》ってくるのは一週間ほど先。

大量に運ばれてくるはずの船便の荷も、到着《とうちゃく》はまだまだだ。

「どうしよう？」

芳佳とリーネは顔を見合わせた。

そこに、ヒョイとミーナが顔を出す。

「ちょうどいろいろ備品が必要だから、買い物に行ってくれるかしら？」

幸い、ロマーニャの首都ローマでは物資がまだ潤沢《じゅんたく》に流通している。

ミーナは予備の予算を使って食料を買い足す決断をし、お使いを芳佳たちに頼《たの》むことにした。

「買い物？」

ショッピング。

これほど婦女子を魅了《みりょう》する言葉が他《ほか》にあるだろうか？

芳佳とリーネの表情が輝《かがや》いた。

「了解《りょうかい》～っ！」

＊　＊　＊

「……ということで、臨時補給作戦を実施《じっし》することになりました」

ミーナはウィッチをレクリエーションルームに集めた。

ブリタニア時代と比べると広いが、ピアノもラジオもなく、新基地のレクリエーションルームは実に殺風景。

予算不足はこんなところにも影《かげ》を落としているのだ。

「大型トラックが運転できるのはシャーリーさん、土地鑑《かん》があるのはルッキーニさんなので、お二人にお願いします」

ルッキーニを連れてゆくことに一抹《いちまつ》の不安がないこともないが、シャーリーがついていれば大丈夫《だいじょうぶ》だろうと、ミーナは判断する。

（この位でいいかしら？）

予備費も、決して有り余っている訳ではない。

それでも、シャーリーがいることだしと自分に言い聞かせ、ちょっと余計に持たせることにする。

「了解～」

シャーリーは張り切って資金を受け取った。

「よっしゃ～！　久し振《ぶ》りの運転だぜ！」

「……」

一方、シャーリーの運転と聞いて、さっきまでワクワク顔だったリーネの表情が一気に曇《くも》った。

「敵の襲来《しゅうらい》がいつあるか分からないので、人数が出せなくて済まんな」

と、坂本。

「わ～い、ドライブ、ドライブ～！」

「たまには基地の外にも出たかったからな。こんな任務は大歓迎《だいかんげい》さ！」

「他に、宮藤さんとリネットさんも同行します」

ミーナは続けた。

「……あ、あの～」

リーネがそっと手を挙げた。

「やっぱり、私は待機で」

「え～っ！　どうして!?」

残念がる宮藤。

「え？」

どうしてと言われても、シャーリーのいるところでは答え辛《づら》いこともある。

(ごめんなさい。シャーリーさんの運転だと、心臓が持つ自信がないの)

心の中で、リーネは親友に深く詫《わ》びた。

「……分かりました。では宮藤さん、お願いね」

「はい！」

「道案内を頼むぞ、ルッキーニ」

「まっかせなさ〜い！」

「宮藤、作戦中はシャーリーの指示に従うようにな」

「はい！」

坂本の注意に元気に答える二人だが、その横に立つリーネは心配そうに芳佳を見つめる。

「では、欲しいものがある人は言ってください」

ミーナはみんなに尋《たず》ねた。

「欲しいものか？　新しい訓練用具とか……」

「はいはい、そういうのじゃなくて、みんなの休養に必要なものよ」

坂本の要求は、隊長権限で即《そく》、却下《きやっか》。

既《すで》に格納庫の隅《すみ》には、剣道《けんどう》の防具、木刀、竹刀《しない》、弓、長刀《なぎなた》、砂箱、鉄球、その他、坂本以外は誰《だれ》も使わない訳の分からない武具が山と積まれているのだ。

「休養か。訓練をしっかりして、しっかり休む。重要だな」

「ふ〜む。それなら訓練の後に士気を保つには、風呂《ふろ》が必要だな」

バルクホルンと坂本は相談するが、鍛錬《たんれん》からは離《はな》れそうにない。

「あなたたちの頭って、訓練しかないの？　はい、誰かもうちょっとまともな物を？」

ミーナは「まともな」を強調し。他《ほか》のみんなに意見を求める。

「私は紅茶が欲しいです」

リーネがおずおずと手を挙げた。

「そうね。ティータイムは必要ね」

ミーナはようやくニッコリし、芳佳に告げる。

「それと、私はラジオをお願い」

「カールスラント製の立派な通信機があるじゃないか？」

ミーナの要求に、訝《いぶか》しげな顔を向ける坂本。

「ここに置くラジオよ。みんなで音楽やニュースを聞けるといいでしょ？」

娯楽《ごらく》番組という発想が坂本の頭にないことを思い出し、ミーナは辛抱《しんぼう》強く説明する。

「そういうことか。それは賛成だ。頼《たの》むぞ、宮藤」

ラジオは戦況《せんきょう》を聞くものとしか思っていなかった坂本は、ようやく納得《なっとく》がいったようだった。

「はい、任せてください。紅茶とラジオですね」

芳佳はメモを取り出し、買い物リストを作り始める。

「ピアノ！　ピアノを頼む！」

続いて、エイラがめずらしくキリッとした顔で手を挙げた。

「うふふ、いくらなんでもピアノは運べないわ」

と、ブリタニア時代を思い出し微笑《ほほえ》むミーナ。

発想としては、坂本やバルクホルンよりよっぽどマシである。

「ちぇ～、サーニャのピアノが聴《き》きたかったのに。……なあ、サーニャ、欲しいものはないか？」

「エイラ、自分の欲しいものを頼んだら？」

ピアノを聴きたいと言われて恥《は》ずかしかったのか、サーニャは窘《たしな》める。

「……バルクホルンさんは？」

芳佳はメモを手に、何か考え込んでいる様子のバルクホルンに声をかけた。

「私か……特にないな」

こういう顔つきをバルクホルンがしている時、考えていることはただひとつ。

「じゃあ、クリスさんへのお土産《みやげ》とか？」

芳佳はバルクホルンの顔を覗《のぞ》き込む。

「ク、クリスか？　そうだな……じゃあ、か、か、か、か、可愛《かわい》い服を……」

恥ずかしいのか、バルクホルンの声は妙《みょう》に細くなる。

「え？」

「服を頼む！」

結局、可愛いは省略された。

「服ですね。どんなのがいいですか？」

「任せる。サイズもだいたいお前と同じだから、お前が選んでくれ」

「いいんですか、それで？」

「あ、ああ、お前がいいと思うもので構わない」

（……それが正解ね。トゥルーデが選んだら、どんなトンチンカンなものになることやら）

自分で選ぶと言い出さなかったので、傍《かたわ》らで聞いていたミーナはホッとする。

「分かりました。……あ、ペリーヌさんは？」

人数を数え、芳佳はペリーヌがまだ何も言っていないことに気がついた。

「わたくしは別に要《い》りませんわ！」

半分、怒っているような調子でペリーヌは答える。

「え、でも、せっかくだし」

「要らないって言ってるでしょ！　ふんっ！」

顔を紅潮させ、ペリーヌは部屋を出ていった。

「……ペリーヌさん？」

その後ろ姿を見つめながら、芳佳は首を傾《かし》げる。

ペリーヌが芳佳につんけんしているのはいつものことだが、今日のペリーヌはいつもにも増して、態度がキツい。

「実は……」

ガリアで一緒《いっしょ》に復興運動に当たっていたリーネが、こっそりと教える。

「ペリーヌさん、頂いたお給料と貯金を全部、ガリア復興財団に寄付しちゃって」

「……そうなんだ」

ブリタニアにいた頃《ころ》は、かなり自由に使えるお金があったように見えたペリーヌが、すべてを投げ打って復興に取り組んでいる。

そんな時に、予備費で何か自分のものを買うことには、抵抗《ていこう》があるのだろう。

(何か……してあげられないかな?)

とは思うのだが、芳佳の好意をペリーヌは受け付けてくれないような気もする。

「そうだ、芳佳ちゃん。紅茶の他に、花の種をお願い」

リーネはちょっと思いついたように追加の注文をした。

「うん」

芳佳はメモし、聞き取り漏《も》らしがないか確認《かくにん》する。

「え〜っと、後はハルトマンさん?」

そういえば、今日は朝からハルトマンを見ていない。

芳佳は顔を巡《めぐ》らせて、すちゃらかエースの姿を捜《さが》す。

「ハルトマンの奴《やつ》、また寝《ね》ているな！」

バルクホルンが眉《まゆ》を上げ、こぶしを握《にぎ》りしめた。


「起きろ、ハルトマン！」

ギャングのアジトを強襲《きょうしゅう》するＦＢＩ捜査官《そうさかん》のように、バルクホルンは扉《とびら》をバタンと開けた。

バルクホルンとハルトマンは相部屋。

部屋の半分がキッチリと片付き、残りはゴミ屋敷《やしき》と化している。

そのゴミ屋敷側のベッドの、蠢《うごめ》くシーツの下から声がした。

「え〜、あと90分」

「兵は神速を尊《とうと》ぶのだ、さっさと起きろ！」

バルクホルンは怒鳴《どな》る。

「あの、買い物に行くんですけど、何か欲しいものありますか？」

芳佳は、戸口から声をかける。

「お菓子《かし》！」

即答《そくとう》である。

「お前に必要なものは目覚まし時計だ！」

と、バルクホルン。

目覚ましの10個や20個でハルトマンが素直《すなお》に起きると思っているあたり、まだまだ甘いところがあると言わざるを得ない。

シーツの下で連呼。

「え〜っ！　お菓子〜、お菓子〜、お菓子、お菓子〜！」

「うるさい！」

バタンッ！

問答無用、というようにバルクホルンは扉を閉めると、芳佳に告げた。

「という訳で、目覚まし時計を頼《たの》む」

「は、はあ」

く、来る意味あったのかな？

密《ひそ》かに思う宮藤だった。

「め、ざ、ま、し」

（えっと予算は……まだ大丈夫《だいじょうぶ》だよね）

メモの品の値段の見当をつけながら芳佳が廊下《ろうか》を歩いていると、エイラが駆《か》け寄ってきた。

「宮藤！　枕《まくら》だ！」

エイラは芳佳の鼻先に自分の鼻先を突《つ》きつける。

「枕買ってきてくれ、枕！」

「枕？」

何故《なにゆえ》に枕？

芳佳にはよく分からない。

「色は黒で、赤のワンポイントがあるといいな。素材はヴェルヴェットで、なかったら、手ざわりのいいやつな。中綿は水鳥の羽で、ダウンかスモールフェザー」

エイラはまくし立てた。

「ちょ、ちょっと」

「分かったか？」

芳佳はメモろうとするが追いつかない。

「エイラさん、いっぺんに言われても訳分かんないですよ」

「はあ、仕方ないなあ。書いてやるから、間違《まちが》えんなよ」

エイラはメモを奪《うば》い取る。

「……」

「いいか、忘れんなよ！　絶対だぞ！」

エイラは更《さら》に念を押した。

それから少しして、M3ハーフトラックは芳佳たちを乗せ、ローマに向かって出発した。

ハンドルを握るのは、もちろんシャーリーだ。

「いってらっしゃ～い」

手を振《ふ》るリーネ。

「いってきま～す」

芳佳は手を振り返す。

「……無事に帰ってきてね」

リーネは、激戦地に芳佳を送り出す心境である。

……実際、シャーリーの運転は、激戦地以上の恐怖《きょうふ》だということを、芳佳は身をもって体験することになった。

＊　＊　＊

(困ったわね……)

ミーナは憂鬱《ゆううつ》だった。

物資の供給が、予想以上に滞《とどこお》っていた。

元来、補給は継続《けいぞく》性が欠かせないのに、ロマーニャの上層部は第一陣《だいいちじん》を送っただけで義務は果たしたと言わんばかりの態度である。

弾薬類《だんやく》は先日のジェット騒動《そうどう》の時のカールスラントからの便で、何とか足りてはいる。

問題は食料。

二式大艇で往復する土方の奮闘《ふんとう》もあって、扶桑からの供給は定期的にあるが、それも半月に一度。

大規模な補給はリベリオンと扶桑からの船便を待つことになるが、これも予定は不明。

芳佳の料理の腕《うで》がいいこともあって、食料が減る勢いは次第《しだい》に増してきている現状だ。

「お昼は残り物でいいですか？」

「……コーヒーだけでいいわ」

煩雑《はんざつ》な書類仕事と各部署への連絡《れんらく》を終えて食堂に入ると、キッチンのリーネに告げる。

(私ひとりが一食抜《ぬ》いたぐらいじゃ、節約にならないことは分かっているんだけど)

「ミーナ」

なけなしのジャガイモを頬張《ほおば》りながら、バルクホルンは隣《となり》に座ろうとするミーナを見る。

「確かに太ったのを気にしているのは分かる。だがな、無理なダイエットは」

「私は！　太ってません！」

思わず声を荒《あら》らげるミーナ。

「あっれ～、複雑な乙女心《おとめごころ》ってやつ？」

ミーナの悩《なや》みを知らぬハルトマンも、チョコがけのコーンフレークをパクパクと食べている。

「……リーネさん。コーヒー、キャンセル」

ミーナは手を挙げてそう告げた後、小さく呟《つぶや》く。

「……胃が痛いわ」

「ええっ！」

「何！」

「おい！」

「た、大変ですわ！」

たちまち、ウィッチたちはミーナを取り囲んだ。

「な、何でもないの！」

ミーナは笑顔《えがお》を作るが、もう遅《おそ》い。

「済まない、ミーナ。病気だったんだな」

と、気遣《きづか》うバルクホルン。

「お前らが心配かけるからだぞ！」

腕組《うでぐ》みしながら一同を見渡《みわた》したのは坂本である。

「……」

（あなたがそれを言う？）

ミーナはこめかみを押さえた。

「宮藤を呼び戻《もど》せ！　緊急《きんきゅう》事態だ！　治癒《ちゆ》魔法《まほう》を！」

「そ、そこまでするほどのことじゃ……」

やんわりと止めようとするミーナだが、動き出したウィッチたちは止まらない。

止まる訳がない。

「屋敷《やしき》から持ってきたハーブが、まだ残っていたはずですわ！」

「土方！　土方はどこだ!?　って、あいつは空の上か！　では大至急、扶桑に連絡だ！　漢方薬を！」

「ええっと、胃に優《やさ》しいお食事は……」

「た～い変なことになっちゃったね～」

意外と鋭《するど》いハルトマンが、ミーナにニッと笑いかける。

「……ええ」

「ま、いいじゃん。ちょっと休めば？」

「そうね。……休めたらだけど」

頷《うなず》くミーナだが、この先の騒動を予見して、表情は暗い。

「本格的に胃が痛くなりそう」

＊　＊　＊

「おい」

ハルトマンの助言に従い、少し眠《ねむ》ろうと思った矢先。

部屋に坂本が入ってきた。

「胃腸が弱っている時には、こいつがいいらしいぞ」

坂本がドンとテーブルに置いたのは、梅酒の瓶《びん》。

「土方に漬《つ》けさせた。何でも奴《やつ》の婆《ばあ》さんの秘伝だそうだ」

「……秘伝ね」

疑いの目を、茶色く変色した液体に向けるミーナ。

「で、こいつは私からの差し入れ。梅干入りだ」

「……ええと？」

どうやら、当初はお握《にぎ》りを作るつもりだったようだが、皿に載《の》っている物体は、ただ、てんこ盛りのご飯の上に、海苔《のり》を汚《きたな》く貼《は》りつけただけに見えた。

（貴重なお米を……）

ありがた迷惑《めいわく》とはまさにこのこと。

「遠慮《えんりょ》せずに、飲め、食え！」

捕虜《ほりょ》の尋問《じんもん》にこれを出せば、一発で吐《は》くわね。

スコポラミンよりも強力そうなアイテムを、ミーナは仕方なく口に運ぶ。

「……ぷっ！」

梅酒は深みのあるいい味だが、お握りはそれを損《そこ》なって余りある破壊《はかい》力。

しょっぱく、水っぽく、しょっぱく……ひたすらしょっぱい。

「足りなければ、もっと作ってくるぞ？」

「……あなたは……お仕事に戻って……」

ミーナはそれだけ言うのがやっとだった。


「いる？」

次に入ってきたのは、エイラとサーニャ。

二人が手にしているのはサモワール。

オラーシャ式のティーを淹《い》れる道具だ。

「占《うらな》ったらさ、ストレスが原因だって」

タロットを手にしたエイラは言った。

（あら、当たり？）

めったに当たらない占いが的中し、ミーナは驚《おどろ》く。

「で、サーニャが用意したのが、この素晴《すば》らしいお茶だ」

エイラ、サーニャがお茶をカップに注ぐのを見て、何故《なぜ》か誇《ほこ》らしげだ。

「これにジャムを……」

エイラは添《そ》えてあったジャムを、たっぷりとカップに落とした。

「これは……一緒《いっしょ》にいただく物で、入れちゃ駄目《だめ》……」

サーニャは咎《とが》める。

「いいじゃん。面倒《めんどう》だし」

エイラはさらにドバドバッと。

「駄目」

ジャムを取り上げようと揉《も》めているうちに、ジャムの容器がそのままカップの上に落っこちた。

「あ」

「……あ」

カップから溢《あふ》れるジャム。

「どうぞ」

サーニャは、ものすごく重くなったカップをミーナに差し出した。

「失礼いたしますわ」

サーニャたちがそそくさと出てゆくと、入れ替《か》わりにペリーヌがやってきた。

「我が家に代々伝わる、秘伝の薬湯ですの」

ペリーヌは高価そうなカップを差し出した。

（ま、また秘伝）

「各種ハーブに、ベニテングダケと海蛇《うみへび》の粉末、さらに東洋の神秘、冬虫夏草を少々……」

それ以上詳《くわ》しく聞きたくないレシピである。

「他《ほか》の方々が持っていらっしゃった訳の分からないものの数倍、いえ、数億倍は効きますわよ」

「そ、そう？」

「ちゃんとお飲みになってくださいね」

じっと見つめるペリーヌ。

ミーナは覚悟《かくご》を決めて、薬湯をグイッと胃に流し込む。

「きっと、明日にはよくなりますわ」

ミーナがカップを空にして微笑《ほほえ》みを作ると、ペリーヌは出て行こうとする。

だが。

「……あの」

扉《とびら》のところでペリーヌは立ち止まり、振《ふ》り返った。

「はい？」

「あの……わたくしのせいでしょうか？」

ペリーヌは尋《たず》ねた。

「え？」

「エイラから聞きました。原因はストレスだと。わたくしがわがままで、迷惑ばかりおかけしているから……」

「……ペリーヌさん」

ミーナは心細そうにしているペリーヌを呼び寄せた。

「そんなことはないわ」

「わ、わたくし、いつもみなさんの善意を素直に取れなくて……意地悪ばかり……」

「それも含《ふく》めて、ペリーヌさんなんでしょう？　みんな分かってくれているから、こうしてここにいるの」

「中佐《ちゅうさ》……」

「さあ、もう行きなさい」

「はい！」

「こ、こんにちは」

ペリーヌの後はリーネだった。

「あの、お茶を……」

「あ、ありがとう。でもね、リーネさん」

やんわりと断ろうとするミーナは、リーネが心配のあまり涙目《なみだめ》になっていることに気がつく。

「……い、いただくわ」

既《すで》に胃はガボガボだったが、ミーナは運命を受け入れた。

そして。


「おい、ライ麦パンがあったから持ってきたぞ！　まあ、多少カビが生えていたが……」

バルクホルンが、カゴいっぱいのパンを持って扉を開くのを見た瞬間《しゅんかん》。

（もう駄目～）

ミーナは卒倒《そっとう》した。

＊　　＊　　＊

翌朝。

ミーナはブリーフィングルームで、気不味《きまず》そうな顔のシャーリーからの報告を受けていた。

「お金をルッキーニに預けたあたしが悪いんだ、済まない」

どうやら昨日。

財布《さいふ》を持ったルッキーニは、買い物の途中《とちゅう》にローマで迷子になり、マリアという女の子と知り合って、その子と二人で全予算を使ってジェラートを買い、街中の子供に配り回ったらしいのだ。

「……フランチェスカ・ルッキーニさん、ちょっとこっちへ」

作り笑顔で手招きするミーナ。

「い、行きたくな～い」

ルッキーニは壁《かべ》にへばりついて嫌々《いやいや》をする。

「いらっしゃい」

「ううう」

抵抗《ていこう》は無駄《むだ》。

ルッキーニは観念した。

「うわ～ん！　ごめんなさ～い！」

数分後。

ハンガー前には、バケツを持ったまま立たされて、泣いているルッキーニの姿があった。

「しかし、食料調達のお金を全部使い切るとはな……」

そのすぐ横では、坂本がシャーリーからの報告を受けている。

「監督《かんとく》責任！」

という言葉にビクッとするシャーリー。

「それは私にもある。ともに反省しよう」

「すまん、ルッキーニ！」

どうやら、シャーリーは懲罰《ちょうばつ》を逃《のが》れたようだ。

ホッとした顔で手を振ると、シャーリーは坂本とともにレクリエーションルームに向かう。

「うえ〜ん！」

後には、バケツとルッキーニだけが残された。

＊　＊　＊

「はい、エイラさん」

芳佳は何とか買えた注文の品を、みんなに配り回っていた。

「言ったのあったか？」

枕《まくら》を受け取ったエイラはチラリと隣《となり》のサーニャを見る。

「欲しいもの見つかったの？　よかった」

よしよしと、親が子供を誉《ほ》める時のような顔をするサーニャ。

「サーニャちゃんにはこれ」

芳佳は猫《ねこ》の置物をサーニャに渡《わた》す。

「ありがとう、芳佳ちゃん」

「もう、エイラさんって注文が細かくって」

「そ、そんなことないさ」

「エイラ、人にお願いする時は、ちょっとは遠慮《えんりょ》するものよ」

「う」

せっかく、サーニャのために頼《たの》んだ枕だが、渡しにくくなって困るエイラだった。


「ペリーヌさん、これ」

芳佳は花の種を差し出していた。

「何ですの、これは？」

「お花の種。この基地のまわりにお花を植えたらどうかなって、リーネちゃんが」

「ええ、お花を育てるのが上手なペリーヌさんに、教えてもらおうと思って」

「そんなこと頼んでませんわよ」

リーネと芳佳の心遣《こころづか》い、本当は嬉《うれ》しいのだ。

だが、プライドが邪魔《じゃま》をし、意地の悪い言葉しか返せない自分に、ペリーヌは時おり嫌気《いやけ》がさす。

それでも。

「一緒《いっしょ》に植えようよ」

「教えてくれます？」

芳佳とリーネは笑顔を向けてくれるのだ。

「仕方ありませんわね」

（この子たちったら）

涙《なみだ》が溢《あふ》れそうになるのを堪《こら》え、いつもの傲慢《ごうまん》な表情を作るペリーヌ。

（……まあ、いまわの際《きわ》には、言ってあげますわ。あなたたちは最高のお友だちだって）

「まず、マリーゴールドは日当たりのよい場所に。こっちのカモミールとベルガモットは、夏は直射日光禁止ですわよ」

「リーネさんが？」

「お菓子《かし》～、お菓子～」

と、夢見ていたハルトマンには、バルクホルンの注文通り目覚まし。

そして。

「バルクホルンさん、これどうです？」

芳佳は次に、レクリエーションルームで買ってきた服をバルクホルンたちに見せていた。

「あ、ああ。……すごく……いいな」

芳佳が自分の身体《からだ》に服を当てると、質実剛健《しつじつごうけん》がモットーのバルクホルンはちょっと気恥《きは》ずかしくなる。

「胸、ちっちゃくねえか？」

茶々を入れるハルトマン。

「何を言う、バッチリだ！」

バルクホルン、何故《なぜ》か必死である。

「うんうん、そうだな」

と、ワイワイ批評する連中のそばでは、ミーナがさっそく、ラジオの調整を始めていた。

これで多少は、この部屋もレクリエーションの名に相応《ふさわ》しい場になるだろう。

「入った！」

チューニングがロマーニャの公共放送の電波を捉《とら》えた。

『……さて、本日初めて公務の場である園遊会に出席された、ロマーニャ公国第一公女マリア殿下《でんか》からお言葉です』

スピーカーから、敬愛される公家の女性のスピーチが流れ始める。

『昨日、ローマはネウロイの襲撃《しゅうげき》を受けました。そのネウロイは小さなウィッチの活躍《かつやく》で撃退されたのです。その時、私は彼女からとても大切なことを教わりました。地位には責任が伴《ともな》うこと。この世界を守るためには、一人ひとりができることをすべきだと。私も、私ができることで、この世界を守っていこうと思います。ありがとう、私の大切なお友だち、フランチェスカ・ルッキーニ少尉《しょうい》』

「ええ〜っ！」

ラジオに耳を傾《かたむ》けていた全員が絶句した。

それとほぼ同時に。

501基地の上空に多数の輸送機が来襲し、物資を落とし始めた。

次々開くパラシュートが空を覆《おお》う。

「うぎゃ〜！」

落下した箱が壊《こわ》れ、中身のチョコレートやその他のお菓子がちょうど真下にいたルッキーニに降り注ぐ。

『感謝を込《こ》めて、ささやかなお礼を第501統合戦闘《せんとう》航空団のみなさまに贈《おく》ります』

「重〜い！」

お菓子の雪崩《なだれ》で、ルッキーニ遭難《そうなん》。

「何でも多いに越《こ》したことはない！　わっはっはっはっはっはっは！」

青空に坂本の笑い声が響《ひび》き渡《わた》った。


ちなみにミーナの胃が本格的に痛み出したのは、この日の夜からのこと。

原因は暴飲暴食。

それが医務室の診断《しんだん》だった。

第七章
CHAPTER 7

STRIKE WITCHES 2
Shimada Humikane & Projekt Kagonish

ギュッとして――または、高度30,000メートルの悪夢

その夜。

ウィッチ全員がミーティングルームに集められた。

通常なら夜間哨戒《しょうかい》に出ているはずのサーニャまでもだ。

一同が坂本の説明を待つところに、室内の証明が落とされ、白いスクリーンに風景が映し出される。

「空軍の偵察機《ていさつき》が撮《と》ってきた写真だ」

坂本は言った。

「ノイズしか写っていないようだが？」

バルクホルンがモノクロームの画像に目を凝《こ》らすと、辛《かろ》うじて、白い縦線が中央に見える。

「これが今回現れたネウロイの本体だ。全体を捉えようとしたら、こうなった。全長は３０，０００ｍを超《こ》えると推測される」

坂本自身、まだ信じられないといった口調で続けた。

「30,000……高さ30kmってことか！」

バルクホルンは息を呑《の》む。

「えっと、それって富士山の……」

指を折って数える芳佳は、暗算が得意ではなかった。

「これが毎時およそ10kmという、低速でローマ方面に向け移動している。それより厄介《やっかい》なのはこいつのコアの位置……。ここだ」

「てっぺん？」

坂本が写真の最上部を指さすと、バルクホルンは顔をしかめる。

「ああ、私がこの眼《め》で確認《かくにん》した」

魔眼《まがん》を指さし、頷《うなず》く坂本。

「……しかし、我々のストライカーユニットの限界高度はせいぜい10,000m。全然足りないぞ」

ジェットストライカーならともかく。

この間の騒動《そうどう》が、バルクホルンの脳裏《のうり》をチラリと過《よ》ぎる。

「30,000mっていったら、空気もないとこだろ？」

面白《おもしろ》そうだな、と言いたげな表情のシャーリー。

「じゃあ、喋《しゃべ》っても聞こえないねえ」

「え〜、空気ないの⁉」

とは、ルッキーニとハルトマンだ。

「おお、かもなあ！」

シャーリーはいよいよ、挑戦《ちょうせん》したそうな顔になる。

「30，000mの超《ちょう》高高度は、人類の限界を遥《はる》かに超えた未知の領域よ」

ミーナは認めた。

「だが、我々はウィッチだ。ウィッチに不可能はない」

坂本は明かりをつけ、新たな資料をウィッチ一同に見せる。

「作戦にはこいつを使う。ロケットブースターだ」

「これがあればコアのあるところまで飛べるんですか？」

芳佳が質問した。

「いや、そんな簡単な話ではないはずだ」

という、バルクホルンの異議に、ミーナは頷く。

「ええ。ブースターは強力だけど、一度に大量の魔法力《まほう》を消費するから短時間しか飛ぶことはできないわ」

「だったら、私たちみんなで誰《だれ》かを30，000mまで運べばいい」

ズバリ言い当てるシャーリー。

「そういうことだ。そして、瞬間的《しゅんかん》に広範囲《こうはんい》の攻撃力《こうげき》を持つ者として……」

坂本は、先ほどからまだ一言も発していない少女に目を留めた。

「サーニャ、コアへの攻撃はお前に頼《たの》みたい」

「！」

「ええっ！」

サーニャ自身もはっとした表情になったが、それより大袈裟《おおげさ》に驚《おどろ》いたのはエイラだった。

「今回の作戦には、お前のフリーガーハマーの攻撃力が不可欠だ」

坂本は理由を簡潔に説明する。

これを聞いて、少しばかり誇《ほこ》らしげな笑《え》みを見せたのはハルトマンだった。

何故《なぜ》なら、この9連装ロケット砲《ほう》の原型となる空対空ロケットを開発したのは、他《ほか》ならぬ妹のウルスラなのだ。

「はい」

坂本の命令に、小さい声で了解《りょうかい》の意思を示すサーニャ。

「あなたなら寒さにも強いものね」

ミーナは元気づけるように微笑《ほほえ》みかける。

と、そこに。

「はいはいはいっ！　だったら私も行く！」

エイラが手を挙げて身を乗り出した。

「うむ、そうか」

あっさりそう言った坂本は質問する。

「時にエイラ。お前、シールドを張ったことはあるか？」

「シールド？　自慢《じまん》じゃないけど、私は実戦でシールドを張ったことなんて一度もないぞ」

そう。

エイラの特殊《とくしゅ》能力は未来予知。

敵の攻撃の軌跡《きせき》をすべて予見し、簡単にかわすことができる。

つまり、芳佳などが得意とするシールドなど、エイラにとっては無用の長物なのだ。

「じゃあ、無理だ」

坂本、バッサリ。

「あれ……？」

「そうね、これぱっかりは……」

坂本の判断にミーナも同意する。

「な、何で!?」

「今回の作戦では、ブースターを使う上に、極限環境《かんきょう》での生命維持《いじ》、そして攻撃と、とても多くの魔法力を消費することになるわ」

「となれば、サーニャに自分の身を守る余裕《よゆう》はないだろう。だから、ここで必要なのは、サーニャの盾《たて》となり守る者、ということになる」

二人は説明した。

「わ、私は別にシールドを張れない訳じゃないぞ！」

「だが、実戦で使ったことはない」

「その通りだ！」

「やっぱり駄目《だめ》ね」

「う」

ミーナもバッサリである。

「宮藤、お前がやれ」

坂本は芳佳に視線を移した。

「は、はい……え？」

返事をしてから、戸惑《とまど》う芳佳。

「最も強力なシールドを張れるお前なら適任だ」

「は……はい！」

坂本に言われて頷《うなず》く芳佳の横では……。

「う～っ！」

餌《えさ》を横から奪《うば》われた野良《のら》犬のようにエイラが睨《にら》みつけていた。

「え～っ！」

＊　＊　＊

月が綺麗《きれい》な夜だった。

サーニャは月の下《もと》で泳ぐのが好きだ。

この夜も一糸まとわずに、冷たい池の水にゆらゆらと身を委《ゆだ》ねていた。

「……」

いつもならすべてを清めてくれる水が、胸のモヤモヤを消せずにいることに、サーニャは戸惑う。

（……分からず屋）

エイラに思わず投げかけた言葉を、心の中で繰《く》り返す。

と、そこに。

「さぁ～にゃん！」

ざっぶ～ん！

何か白いものが池に飛び込んできて、水柱が上がった。

「……！」

迷った狐《きつね》か、熊《くま》かと思い、身構えるサーニャ。

だが、『さ〜にゃん』などという鳴き声の野生動物を、サーニャは寡聞《かぶん》にして知らない。

「へへへ」

水の中で立ち上がったのは、出るべきところが出ていない、マニア向け幼児体型のすっぽんぽん。

すちゃらかエース、ハルトマンだった。

「元気ないな〜、っていつもか」

ハルトマンはニ〜ッと笑いかける。

「そんなこと……ありません」

意外な取り合わせに見えるが、この二人、意外とお喋《しゃべ》りすることが少なくない。

とはいっても、一方的にハルトマンが話し、サーニャがそれを聞いている形なのだが。

「……ほんと、どうしたんだ？」

いつもより遥《はる》かに口数が多いサーニャに、いつもより少しばかり真剣《しんけん》な顔になってハルトマンが尋《たず》ねる。

「……エイラが」

「喧嘩した?」

「喧嘩じゃ……」

サーニャはポツポツと、今日の出来事を語り始めた。

どうしてもサーニャと飛びたいエイラが、ペリーヌとリーネに頼《たの》んでシールドを張る特訓を始めたこと。

だが、反射的に避《よ》けてしまい、結局、一度もシールドを展開できなかったこと。

「エイラ、すぐに諦《あきら》めたみたいで」

「そりゃあ、ペリーヌも災難だよなあ」

サーニャの代わりにシールドに庇《かば》われる役を引き受けたペリーヌは、何度かあの世に行きかけていた。

「あんまり簡単に諦めたって言うから、諦めちゃうからできないんだよって」

「うんうん」

「そしたら、芳佳ちゃんに守ってもらえばいいだろって」

「で？」

「それで……あの、喧嘩に……」

結局、喧嘩である。

その上、せっかく貰《もら》った枕《まくら》を、サーニャのために芳佳に散々難しい注文を出してエイラが手

に入れてくれた枕を、サーニャはエイラに投げ返してしまっていたのだ。

「ふ〜ん、そんなことあったんだ。あはは〜！」

話を聞き終えたハルトマンは大笑いした。

瑞々《みずみず》しい白い肌《はだ》を、月明かりを映した丸い水滴《すいてき》が真珠《しんじゅ》のように輝《かがや》いて伝い落ちる。

「笑い事じゃありません」

「ん〜。で、さ〜にゃんはどうしたいの？」

「私……」

「任務じゃ仕方ないか？」

「…………」

この時初めて、サーニャは自分がエイラにどうして欲しいのか、ひと言も告げていなかったことに気がついた。

＊　＊　＊

翌朝。

ミーナは執務室《しつむ》に戻《もど》ると、司令部からの報告の内容を坂本に伝えた。

「今日未明に、ロマーニャの艦隊《かんたい》と航空部隊がネウロイに接触《せっしょく》したそうよ」

こちらが作戦立案中の、抜《ぬ》け駆《が》けに近い行動である。

おそらくロマーニャ軍の上層部が、手柄《てがら》をすべてウィッチに持っていかれては面子《メンツ》が立たない、と思ったのだろう。

こうしたことは、ブリタニア時代にもよくあったことである。

「結果は？」

「返《う》り討ちに遭《あ》って、巡洋艦《じゅんようかん》2隻《せき》が航行不能よ」

こうした結果も、ブリタニア時代にはよく見られたことだ。

「……我々の出番だな」

坂本は頷《うなず》き、ソファーから立ち上がった。

＊　＊　＊

超《ちょう》高高度ネウロイ殲滅《せんめつ》作戦
作戦指針
バルクホルン、ハルトマン、シャーリー、ミーナ、坂本の5名が第1打ち上げ班として、通常動力で第2打ち上げ班、及《およ》びサーニャ、宮藤両名を高度10，000ｍまで押し上げる。

滑走路《かっそうろ》に巨大《きょだい》な魔法陣《まほうじん》が出現していた。

「出撃《しゅつげき》します！」

「了解《りょうかい》！」

ストライクウィッチーズは上昇《じょうしょう》を始める。

まず、ブースターを介《かい》して芳佳とサーニャがドッキング。

二人を中心に、軽量のリーネ、ペリーヌ、ルッキーニ、そしてエイラがドッキング。

更《さら》にそれをミーナ、坂本、シャーリー、バルクホルン、ハルトマンが支える形を取った。

ストライカーの出力を上げていく第1打ち上げ班。

サーニャは魔導針を展開し、ネウロイの位置を探《さぐ》る。

「……」

そんなサーニャの後ろ姿を見つめるエイラは、何度か言葉をかけようとしては止《や》めていた。

結局、あれから仲直りの機会を持てていないのだ。

（諦めちゃうから……か……）

高度10，000m

作戦指針

ストライカーの限界高度に達した時点で第1打ち上げ班は離脱《りだつ》し、空中で待機。

リーネ、ペリーヌ、ルッキーニ、エイラの第2打ち上げ班はロケットブースターに点火。

宮藤、サーニャ両名の突撃班《とつげきはん》を、高度20，000mまで打ち上げる。


ウィッチたちは成層圏《せいそうけん》に到達《とうたつ》した。

坂本以下、第1班は離脱し散ってゆく。

芳佳たち第2班がブースターに点火。

ぶわっ！

脳が揺さ振《ぶ》られるような衝撃《しょうげき》を覚える、リーネ、ペリーヌ、ルッキーニ、エイラの4人。

ストライカーの限界を超《こ》えて、高度が上がってゆく。

高度20，000m

作戦指針
宮藤、サーニャ両名はブースター点火後、ネウロイのコアがある高度33，333mを目指しさらに上昇、弾道軌道《だんどうきどう》に移り、ネウロイのコアに向かう。

「時間ですわ！」

ペリーヌが計った絶妙《ぜつみょう》なタイミングで、サーニャと芳佳のブースターが点火された。

加速、上昇する二人。

（サーニャ……）

遠ざかってゆくサーニャを見送るエイラは、自分に言い聞かせる。

（これでいいんだ、宮藤にならい、任せられる）

と、その時。

（サーニャ？）

振り返るサーニャの目が、エイラの目と合った。

瞬間《しゅんかん》、エイラの中の想《おも》いが溢《あふ》れ出る。

（私は……私は……！）

芳佳とサーニャがだんだん小さくなってゆく。

「……嫌《いや》だ！　私が……私がサーニャを守る！」

ブースターが一層大きく燃え上がり、エイラの身体《からだ》は一気に空を駆《か》け上がった。

「ああ～っ！」

さすがのルッキーニも、驚《おどろ》きの声を発した。

「エイラさん！」

「ちょ、ちょっと⁉」

何が起こっているのか、自分の目を疑うリーネとペリーヌ。

「何をしてるの、エイラ⁉」

叫《さけ》ぶサーニャ。

「サーニャが言ったじゃないか！　諦《あきら》めるからできないんだって！　私は諦めたくないんだ！」

エイラは叫び返した。

「私がやるんだ！　私がサーニャを守るんだ！」

だが、エイラは追いつけない。

パワー切れ寸前のエイラのブースターと、点火したばかりのサーニャのブースターでは推進力が違《ちが》う。

それでも諦めないエイラに、手が差し伸《の》べられる。

「⁉」

サーニャからいったん離《はな》れ、速度を緩《ゆる》めてエイラに接近した芳佳の手だ。

「……エイラさん、行きましょう！」

芳佳はエイラの手をしっかりと握《にぎ》り、再上昇の姿勢を取った。

「宮藤！」

芳佳の手を握り返すエイラ。

交《か》わした視線で、二人はお互《たが》いの想いを感じ合う。

芳佳はそのまま、自分の推進力をエイラの身体に伝えた。

（ありがとな！　やるよ！）

押し上げられたエイラを、今度はサーニャがしっかりと受け止める。

芳佳の代わりに、エイラがサーニャとドッキングした格好だ。

「芳佳ちゃん！」

「無茶よ、エイラさん！　魔法力《まほう》が持ちませんわ！　帰れなくなりますわよ！」

リーネとペリーヌは止めようとするが、もう遅《おそ》い。

「……私が……エイラを連れて帰ります！」

エイラを抱きしめたサーニャが、ペリーヌに告げる。

「きっと連れて帰ります！」

「む、無茶苦茶ですわ！」

どっちがどっちを守るのか、もう訳がわからなくなるペリーヌ。

「頑張《がんば》って、サーニャちゃん、エイラさん！」

リーネは遠くなってゆく三人の機影《きえい》に向かって声をかけた。

高度３０，０００ｍ

作戦指針

サーニャの魔導針でコアの位置を探《さぐ》りつつ、上昇《じょうしょう》続行。

空がその色の濃《こ》さを次第《しだい》に増していき、アドリア海よりも碧《あお》くなってゆく。

芳佳が二人から離れ、地上に向かって降下し始める。

もともと、三人分の質量を目的の高度まで押し上げる推進力はなかったのだ。

（……サーニャちゃんをお願い、エイラさん）

芳佳にできることはもう、星に祈《いの》ることだけだった。

高度３３，３３３ｍ

作戦指針

極限環境《かんきょう》。

宮藤はシールドを展開、ネウロイのビーム攻撃《こうげき》を防ぎ、サーニャはフリーガーハマーの斉射《せいしゃ》で敵コアを殲滅《せんめつ》。

二人の頭上で星が煌《きらめ》いていた。
気温マイナス70℃。
まったくの静寂《せいじゃく》の世界。
自分の吐息《といき》さえ、聞こえない。
魔法がなければ、一瞬《いっしゅん》で死に至る苛酷《かこく》な空間である。
ブースターを切り離し、ここからは慣性だけでネウロイとの距離《きょり》を詰《つ》めるのだ。
やがて地平線上に、高度30，000mのネウロイの先端《せんたん》部分が見えてきた。
サーニャたちに気がついたのか、その先端部分が割れて広がり、ビームを放ち始める。
エイラはシールドを展開し、これを弾《はじ》いた。
高エネルギーを受けたシールドは真っ赤に輝《かがや》く。
（まだ……）
サーニャは落ち着いて、フリーガーハマーの照準を合わせる。
（慌《あわ》てては駄目《だめ》）
ハマーの弾数は9発。
これで仕留め損《そこ》なえば、次はない。
サーニャとエイラにも。

人類にも。

（まだ……もう少し……）

エイラのシールドが点滅《てんめつ》を始めた。

サーニャは口の中が渇《かわ》くのを感じる。

（まだ……まだ……）

ほんの一瞬、コンマ数秒、ネウロイのビーム攻勢《こうせい》が途切《とぎ》れた。

（今！）

サーニャはトリガーを絞《しぼ》った。

斉射された9発のロケットが、複雑な軌跡《きせき》を描《えが》きながらネウロイに迫《せま》る！

これを撃《う》ち落とそうとするビーム。

そして……。

エピローグ
EPILOGUE

エイラとサーニャは手をつないだまま、ゆっくりと落下していた。

「……」

「?」

エイラが何か話そうとしているが、サーニャには分からない。

真空中で声が届かないのだ。

やがて、エイラは自分の額をサーニャの額にコツンとくっつけた。

これなら骨伝導で声が、想《おも》いが伝わる。

「聞こえるか?」

エイラは言った。

「……」

うなずくサーニャ。

いろんな気持ちがエイラの心に込み上げてきて、なかなか言葉にならない。

だが、まず最初に告げなくてはいけないことは、分かっていた。

「……………ごめんな」

これを聞いたサーニャの顔がほころぶ。

「私も」

二人の背景では、コアをロケット弾《だん》で破《は》壊《かい》された巨大《きょだい》ネウロイが、光の破片《はへん》を散らしながら、
天頂部よりゆっくりと崩《くず》れ落ちてゆく。

この高度では、地平線がゆるやかな曲線を描いているのがはっきりと分かる。

やがて、魔《ま》法《ほう》力の回復とともに、サーニャのストライカーのプロペラが回り始める。

「エイラ、見て。オラーシャの大地よ」

今度はサーニャが、こめかみのあたりをエイラのこめかみに押しつけた。

陳腐《ちんぷ》な表現になってしまうが、やはり、地球は美しい。

「うん」

「ウラルの山に手が届きそう」

ウラル山脈。

あの彼方《かなた》のどこかの地に、サーニャの大切な両親がいる。

「このまま、あの山の向こうまで飛んでいこうか……？」

「いいよ、サーニャと一緒《いっしょ》なら、私はどこだって行ける」

エイラは答える。

温かいものがその頬《ほお》を伝っているのが、サーニャにも分かった。

「……嘘《うそ》」

サーニャは微笑《ほほえ》んだ。

「ごめんね。だって、今の私たちには、帰るところがあるもの」

エイラを支えながら、サーニャはストライカーの針路を南に取る。

「うん……うん」

守るってことは、守られてることと同じかも知れない。

わっと泣き出したくなるのを何とか堪《こら》え、エイラは思った。

(あいつが誰《だれ》かを守りたいっていう気持ちが、ちょっとだけ分かった気がするよ)

二人の視線の先に、基地のある島が見えてきた。

エイラやサーニャ、ウィッチたちの帰るべき家が。

あとがき

夏です。
夏といえば、海または花火大会。
海といえば水着。
お尻《しり》に食い込んだ水着をさり気なく直す仕草は、日本の美！（……日本だけか？）
世界遺産に指定するべきです。
花火大会といえば浴衣《ゆかた》。
最近の浴衣は、ミニとかもあってグッド。
是非《ぜひ》とも、しゃがんで金魚すくいをして欲しいです。
ビバ、水着！
ビバ、ミニ浴衣！
ちなみに筆者は、ミニの下にレギンスを穿《は》くのには大反対だ！
な～んて言ってる間に。

ストライクウィッチーズ、アニメ第2期ノヴェライゼーションの始まり始まり〜。

初めてストライクウィッチーズの文庫を手に取ってくれる人も、前のシリーズから引き続きの人も、大歓迎《だいかんげい》です。

この巻で扱《あつか》ってるのは、アニメでも前半、第1話から第6話あたりまでなんだけど、みんな、本放送の方は見たかな？

新基地、新ストライカー、新必殺技の登場に、深まるみんなの絆《きずな》。

謎《なぞ》を増すネウロイの行動に、魔法力《まほう》を失いつつある坂本の苦悩《くのう》。

萌《も》え度、H度、メカ度、ミリタリー度、熱血度、ついでに、M度まで？

どれをとっても大幅《おおはば》アップしてるので、是非見てね〜。

とまあ、CMはこのくらいにして。

今回の舞台《ぶたい》ですが、前シリーズのブリタニアから、同じ欧州《おうしゅう》でも、紺碧《こんぺき》の海のアドリア海へと移っています。

501の活躍《かつやく》の場は、ローマを首都とするロマーニャ公国と、半島の付け根にある海洋国家ヴェネツィア公国。

実は。

最近は忙《いそが》しくてあまり行く時間がないけど、ヴェネツィアは最も好きな街のひとつ。

サンマルコ広場に、ドゥカーレ宮殿《きゅうでん》、ヴェネツィアングラスの工房《こうぼう》に、カーニバルの仮面、ゴンドラ、古いカフェ、昼寝《ひるね》する猫《ねこ》、角の小さな本屋。

どれをとっても素敵《すてき》だけど、この街のコーヒーは最高に香《かお》りがいいんだよね。

ああ、また行きたくなってきた。

……お金もヒマもないけどさ。

ちなみに。

イタリア一、女の子がきれいなのは、ここじゃなく、間違《まちが》いなくフィレンツェね。

歩いてると、数分ごとに、足が長くてキュッとウエストの締《し》まったモデル級の女の子（それも10代前半だったりするんだよね）と擦《す》れ違《ちが》う感じ。

ヴェネツィアは年取った観光客が多いので、女の子に声をかけるには向かないみたい。


さて、次はとうとうシリーズ第7話から最終話を収録した怒濤《どとう》の後半戦！

飛《か》び交う弾丸《だんがん》、乱舞《らんぶ》する水着！

あの子とあの子がアレしたり、アレがアソコをああしたり！

さらには、な、な、なんと扶桑の誇《ほこ》るアレがアレとして登場！

坂本の、宮藤の、そしてウィッチーズの運命やいかに!?（煽《あお》る煽る～）

それほど時間を置かずに出るので、期待して待っててくれ！
……遅《おく》れたら、ゴメン。

ストライクウィッチーズ2

①伝説《でんせつ》の魔女達《まじょたち》

著：南房《なんぼう》秀久《ひでひさ》

原作：島田《しまだ》フミカネ&
Projekt《プロイエクト》 Kagonish《カーゴニッシュ》

角川文庫 16418

平成二十二年九月一日　初版発行

発行者—井上伸一郎

発行所—株式会社角川書店
東京都千代田区富士見二—十三—三
電話・編集（〇三）三二三八—八六九四
〒一〇二—八〇七八

発売元—株式会社角川グループパブリッシング
東京都千代田区富士見二—十三—三
電話・営業（〇三）三二三八—八五二一
〒一〇二—八一七七
http://www.kadokawa.co.jp

印刷所—暁印刷　製本所—BBC

装幀者—杉浦康平

定価はカバーに明記してあります。

S 129-18　ISBN978-4-04-473905-8　C0193

角川文庫発刊に際して

角川源義

第二次世界大戦の敗北は、軍事力の敗北であった以上に、私たちの若い文化力の敗退であった。私たちの文化が戦争に対して如何に無力であり、単なるあだ花に過ぎなかったかを、私たちは身を以て体験し痛感した。西洋近代文化の摂取にとって、明治以後八十年の歳月は決して短かすぎたとは言えない。にもかかわらず、近代文化の伝統を確立し、自由な批判と柔軟な良識に富む文化層として自らを形成することに私たちは失敗して来た。そしてこれは、各層への文化の普及滲透を任務とする出版人の責任でもあった。

一九四五年以来、私たちは再び振出しに戻り、第一歩から踏み出すことを余儀なくされた。これは大きな不幸ではあるが、反面、これまでの混沌・未熟・歪曲の中にあった我が国の文化に秩序と確たる基礎を齎らすためには絶好の機会でもある。角川書店は、このような祖国の文化的危機にあたり、微力をも顧みず再建の礎石たるべき抱負と決意とをもって出発したが、ここに創立以来の念願を果すべく角川文庫を発刊する。これまで刊行されたあらゆる全集叢書文庫類の長所と短所とを検討し、古今東西の不朽の典籍を、良心的編集のもとに、廉価に、そして書架にふさわしい美本として、多くのひとびとに提供しようとする。しかし私たちは徒らに百科全書的な知識のジレッタントを作ることを目的とせず、あくまで祖国の文化に秩序と再建への道を示し、この文庫を角川書店の栄ある事業として、今後永久に継続発展せしめ、学芸と教養との殿堂として大成せんことを期したい。多くの読書子の愛情ある忠言と支持とによって、この希望と抱負とを完遂せしめられんことを願う。

一九四九年五月三日

〈ファンレターのあて先〉
〒102-8078 東京都千代田区富士見2-13-3
角川書店 スニーカー編集部気付
「南房秀久先生」係